懂，是尘世最美的情话

端木婉清 著

文汇出版社

图书在版编目（CIP）数据

懂，是尘世最美的情话 / 端木婉清著 . -- 上海：
文汇出版社，2017.7
ISBN 978-7-5496-2097-5

Ⅰ.①懂… Ⅱ.①端… Ⅲ.①散文集－中国－当代
Ⅳ.① I267

中国版本图书馆 CIP 数据核字（2017）第 091061 号

懂，是尘世最美的情话

出　版　人 / 桂国强
作　　　者 / 端木婉清
责任编辑 / 乐渭琦
封面装帧 / Shin

出版发行 / 文匯出版社
　　　　　上海市威海路 755 号
　　　　　（邮政编码 200041）
经　　　销 / 全国新华书店
印刷装订 / 三河市京兰印务有限公司
版　　　次 / 2017 年 7 月第 1 版
印　　　次 / 2019 年 1 月第 2 次印刷
开　　　本 / 889×1194　1/32
字　　　数 / 160 千字
印　　　张 / 7.5

ISBN 978-7-5496-2097-5
定　价 / 38.60 元

懂你，是尘世里最美的情话

从前读张爱玲，对那一句"因为爱过，所以慈悲；因为懂得，所以宽容"尤为钟情。

总觉得尘世间万物灵性，最幸福的莫过于能够爱着并相懂的人。

那样的人不会有岁月悲伤的模样，不会有失落的心情，不会有患得患失，也不会有歇斯底里。

于友情，他们明白，感谢你来，不遗憾你离开。

于爱情，他们明白，是你的就是你的，不是你的强求不来，一定会努力地争取，也一定懂得温柔地放手。

于亲情，他们会明白，最好的给予是陪伴。

于婚姻，他们会清楚，最好的爱人，是经营好自己，只有拥有更好的自己，你的爱和付出才最具有价值。也会懂得两个人的甜蜜浪漫只是一时，柴米油盐才是一世。

于生活，他们更会明白，一个人最大的修为是心存善意，懂得慈悲和宽容，明白向上成长的意义。

相比青春年少时执迷不悟过的唯爱主义而言，后来我更喜欢被岁月洗礼后懂得的自己，也期盼生命中会有人那样地懂我。

懂我的不容易，懂我的欢笑和泪水，懂我的深情不辜负，懂我的倔强和温柔……

所以懂你的人，就像一片青莲在你心里结出一朵花蕾，悄悄开放于你的生命，慢慢芬芳着你的岁月。

所以懂你的人，就像一壶好茶在时光里品茗醇香，也像饮一壶经年好酒，温润过岁月。

或许这样才是一个人、一双爱、一切情感里最深情不被辜负，和相濡以沫的温柔。

唯有懂尔，才是这尘世里最美的情话，是相伴相惜后才能说出的疼爱和知心。

渗透进生命里，去明白更好地爱自己、爱身边的人、爱生活，也会对世界上所有不期而遇的生灵慈悲。

那时的你，才会是最好的你。

记得从前我做论坛，打理过一个《情缘随笔》版块的内容，每一天会收到五湖四海朋友的来信，来信里咨询最多的就是关于爱情和婚姻的问题。

很多人很迷茫，找不到生活的方向，也不确定努力的意义，更不懂得怎么样和别人相处。

他们总是很焦虑，对友情猜忌，对亲情无所谓，对爱情失望，对婚姻排斥，对幸福不确定，甚至对漫长的一生都下了自卑无望的定义。

有时候我真的很害怕他们不能够清醒地面对自己的问题，也很害怕把我卷入负能量爆棚的情绪里不能明心，于是总是在一封一封的失落里感到难过。

后来我想，大概是他们根本就没有勇气去突破这份桎梏，才用这种方式来倾诉和求得解惑。

懂得以后，仔细地阅读分析每一个故事，试着站在他们的角度去想问题，也和每一个信赖我的朋友做了大量沟通和互动。

在相聊的过程中发现一个普遍的问题：那就是很多人根本连自己都不了解自己，不懂得内心真正渴望的东西，也没有见过很多的"世面"去接触这个世界本来的美好有趣。

只是觉得很想被一个人爱着，也很想所付出的情感会有等同的回报。

但是始终把握不好心中的尺度，要么是太过用力，要么是太过懦弱。

分不清楚谎言和真心，从未想过走出去，走出困惑于心的自己。

我爱你，是信仰，你不爱我，信仰就崩塌了。

各种如此，相爱相伤。

后来我问他们，你有没有真正懂过自己？你有没有试着去懂过别人？或者去发现生活的美好？

有时候除却爱情，其实还有很多值得人去追求的东西，比如事业、远方、更好的自己，其实你会发现懂一个人比爱一个人更有意义。

爱一个人也许会有失望，会有怨言，但是懂一个人却能学会释然、更加珍惜，你一定不会轻易悲伤，因为爱情有岁月相守的模样。

一句我懂你，那才是尘世里最美的情话和最值得珍藏的美好。

后来离开论坛，写下一个一个的故事，写下一个一个的感动。

试着去用灵魂相处，试着去多读书，试着去走万里路，试着去看人间的风景，然后回来陪你看细水长流……

一起懂得每一份心灵的珍贵，懂得人生在世每天你都有太多的不容易，懂得所有的不期而遇都是因为我们注定要陪着走一程。

顺带治愈了自己，做一个我的摆渡人，然后用最温柔的心善待生命。

一花一世界，一叶一菩提，你若盛开，清风自来。

用懂你，宣示尘世间最美的情话于岁月听……

Contents
目录

婚姻是什么

　　有一次一个写作平台的杂货铺设立了一个关于"婚姻"的专题，抛出了"婚姻是什么"、"为什么要结婚"、"和他（她）走到最后的理由又是什么"的议题。

　　此时我已婚，且走过婚姻十年，看到这个专题的时候也在认真地思考：我的婚姻是什么样子的？我又在婚姻中领悟了什么？又是什么让我直到现在还那么坚定不移地想和他一直走下去。

　　钱锺书先生在《围城》一书中说："婚姻就像一座围城，城外的人想进来，城里的人想出去。"我不知道别的朋友是不是也有如钱先生说的这番感触，但是我没有，而且我是一直想待在里面的。

　　克尔凯郭尔的《非此即彼》中也有一段话："如果你结婚，你就会后悔；如果你不结婚，你也会后悔；无论你结婚还是不结婚，你都会后悔。"同样我也不知道别的朋友是不是有过这"后不后悔"的纠结，于我还是没有。

　　这并不是在标榜我自己有多么高尚或者情操有多么纯洁。至少目前为止，我在婚前婚后都还没有过后悔。将来我不知道，因为我没有预知未来的能力。但是现在，我一如既往地想待在婚姻里。

我也一直在想我为什么会有如此坚定的信念，一定是这段婚姻教会了我什么，更一定是在这十年的风雨相伴油盐酱醋的调和中，让我们彼此都懂得了爱的真正的模样。

所以如果一本正经地来谈我的婚姻，它还真的不是爱情的坟墓，更像是两棵对望生长的树，尽管根系不同，但是随着阳光的照耀、泥土的滋养，慢慢地倾心于彼此将枝干融合交错在一起。

我和我的先生目前就像这两棵树，枝干交错在一起，而且随着年轮的增长缠绕得愈发密密麻麻。

而作为这两棵树，必然是要经历共同的风雨洗礼和阳光明媚的。此时我大概想到了婚姻是什么，那就是交错在一起风雨同行，有难同当，有福同享；没有相互嫌弃，有的是共同成长的喜悦模样。

回想这十几年来，我深刻地体会过这种情感，也相依为命于这种融合。婚姻于我就是一场割舍不了的交汇。

是怎样的处境让我没有嫌弃？

我和我的先生是因为一个共同朋友的引荐而认识的，我们属于自由恋爱的那种。

初识的那一刻彼此有好感，于是自然而然地进入到恋爱状态。

恋爱时，我们根本没有涉及房子车子的问题，也不清楚对方的家底如何，我们只为彼此的特点和荷尔蒙的自然吸引而爱。

作为 80 后的我们在这场恋爱里走的是纯粹的心，没有夹杂任何的物质因素和现实问题。

相识的时候，我还只是一个站在柜台里销售商品的售货员，而他则是退伍回来在一家海港公司工作，经常漂泊在大海上。

那时我们都只有高中学历，工作都算不上稳定，收入也属于仅够解决彼此温饱问题的阶段。彼时我们只是两棵弱小的树，却觉得我们都是彼此眼里最好的模样。

我的眼里满是他的体贴稳重，他的眼里都是我的善良可爱。那时我们啃着相当奢侈的肯德基，笑着告诉对方以后我们一定会在一起。

然而恋爱归恋爱，促成我们走进婚姻的因素说出来你都会觉得不可思议。那是因为我们双方的家底都太差了。

这个年代多的是因为优越的家境、丰富的物质基础更能走在一起的人，而我们恰恰是"奇葩"。

因为我妹妹的学校有人为其打架受伤，他在没有准备的前提下，在赶去处理中匆匆见了我的父母。

我的父母是残疾人，我母亲有腿疾，我父亲是聋哑人。我的童年几乎是在自强不息的战斗中长大的。在我眼里，父母虽然没有给我优渥的物质生活，却早已潜移默化地给了我强大的精神财富。所以长这么大，我一直不会去在意物质条件如何，而更清楚心灵富裕的道理。

且物质丰富的人就一定是会对我好的人吗？

对我而言，我经历过贫穷，经历过欺负，经历过珍贵，也经历过如何让自己坚强。我心里的父母完美得不得了。他们教会了我人生中最宝贵的东西：自信、坚强、感恩、善良，这就够了。

可能就是这股自信的力量让我毫无遮掩地带他见了我的父母。我毕竟还是一个性情的女人。

他没有嫌弃我，反而对我父母百般关心，对我更心有疼惜。

原本还没有考虑结婚这个问题，但那时见了我的父母后他当下就和我提了结婚的想法。

所以直到今天，我依然感谢当年他对我的这份心意。

我先生的家境也很差，父母也是没有读过书的地道农民。我第一次去先生家，是住在二楼楼道里，大夏天的晚上，一只破败的小电风扇"吱嘎吱嘎"地吹赶着乱飞的蚊群和周遭的热气。

然而我们却相依在几张凳子加一块木板拼凑起来的临时床上，聊着彼此的童年、读书生活，还有很多见过的有趣的人、有趣的事，也包括彼此做过的糗事。

我们有着相同的经历，有着同样自强不息的灵魂以及人性的善意。或许正是这些因素才让我们更想要走到一起，去参与到彼此的生命中来，去携手风雨彩虹。

多年以后，我们依然会坐在阳台上对饮，聊到当时的决定，我们都感到无比正确。

我们的婚姻除了爱情，还有更多的风雨同行的成长故事。

如果恋爱可以是一场随心所欲的旅行，那么婚姻不是，婚姻更是一场深刻的修行。我和先生在这十年婚姻生活里延续了爱情，滋生了亲情，也更有了为人夫为人妻、为人父为人母的责任。

我一直以为好的婚姻必须经历风雨，必须经历成长，必须苦难和幸福并存才够完整。那么有难同当、有福同享，绝对是我们这十年婚姻最好的写照。

我们恋爱两年半，结婚十年，从一无所有开始到现在安居乐业。

都说燕子生小燕子之前，会给自己找一个窝。当时的我们没有经济基础，我是愿意和他裸婚的。然而先生是一个有责任心的人，不想委屈我。

幸好当年的房价也不至于离谱成现在的模样，没有积蓄的我们靠着先生退伍回来的津贴，加上双方亲戚拼凑借给我们的钱，首付了一套房子。

房子买的是城乡相接处的普通房子（再好些的房子我们实在买不起），装修是自己一砖一瓦添置起来的，小到螺丝钉，大到沙发床铺，我们都共同参与了购买、擦洗及最后的欣赏。

也许是因为这个新家是我俩共同从白胚无趣的样子精心装扮成温馨实在的模样，直到现在我们都格外眷恋和珍惜。

彼时我的先生辞去了那份要经常漂泊在海上的工作。一则，茫茫大海抵御不过两个人的依偎；二则，因为买房实在是欠下了很多的债。

为了能够按时还贷，他跑了一段时间的广告业务后，还是选择了一份稳定的工作。尽管职位低下、岗位普通，但是也因为有了这一份暂时的稳定而彼此欣喜。

之后我们迎来了小生命，也有过一段兵荒马乱般的生活状态，但是始终没有影响我们相爱的心，反而因为有了小家伙以后，我们更想努力拼斗创造好的生活。

那时我一边带孩子一边自学，他一边自学一边照顾家庭。我们都在铆足了劲往上攀爬。我们的目标是要通过学习得到我们当年因为种种原因而未能获得的大学学历，甚至想学到更多的东西。我们还想通过努力有一份好的事业好的前途。我们的目标还有尽快还清所欠的债务，过上更好的生活。

深夜哄孩子入睡后，原本疲惫的身躯却因为互相的鼓励而充满力量，那些日子我们互相猜题，互相答辩，互相竞争，互相鼓励，互相安慰，互相亲吻。

终于在我们的努力下我们都有了新的突破，彼此的事业也悄然发生了改变。

比起那些年的苦我们现在就轻松多了。

因为一边学习，一边还贷，一边还亲戚的钱，一边还要养孩子，我们的生活过得紧紧凑凑，说清贫如洗谈不上，但是也绝对是艰辛的。

可是我感谢那段时光，让我和先生都有了质的变化，才成就了我们今天的美好生活。那些年就算是同喝一碗汤也因为是他亲手做的而感到爱意浓浓；那些年就算是穿着廉价的衣服也会因为是他努力挣来买给我的而感到甜蜜知足。

我们一直在努力奋斗着，真诚相爱着，不为别的，只为营造一个更美好的家，只为一场"执子之手，与子偕老"的约定。

因为爱情所以婚姻，因为婚姻所以更要相爱到底。

我不知道是不是所有的风雨同行都能让彼此心心相惜，也不知道是不是所有的患难与共就可以稳住一个男人的心，更不清楚在某一天看多了彩虹的时候会不会心生异样出来。

然而我想婚姻决然不是一场猜忌，我也不需要因为别人的话语、别人的经历而去设想我自己的婚姻。

每一个人的婚姻道路都不会相同，都有自己的故事和经营的方式，就像修行在路上的万千大众，其心其境其意志力都有差异，如果真的是爱着彼此又怎能轻易败于生活的琐碎？如果真的愿意去修行一回，那么又怎能轻易去毁掉我们当时的誓言和勇气？

佛说，前生五百年的擦肩而过才能修来今生一遇。那么于时间无涯的原野里相识又需要多少年的修行？百年修得同船渡，千年修得共枕眠。这一段婚姻定是因果而为。

我始终觉得婚姻不是爱情的坟墓，因为只有不爱了才会这样觉得。我也始终不想走出这座围城，因为只有过得压抑无助烦躁的心才会想逃离。

然而谁又不会遇见岁月的压抑、生活的无助和花花世界的诱惑呢？

我们毕竟是凡人啊，但是正因为我们是凡人，所以更需要懂得平淡才是我们最初和最后的模样。

而我们本就是两棵不同的树啊，有着不同的土壤滋养，不同的生长条件，不同的性格和不同的阅历，我们不一样的情况实在是太多了。这个世界上没有两棵完美的树天然生长在一起，也没有两个不同的人是绝好的相配。

我和他也有过生气、争吵，也有过婆媳关系的不睦，也嚷过离婚。也许这一切在患难的日子里不会有，归于安定后才容易出现，但是我们却也因为彼此一路爱来，早就学会了互相体谅，懂得了人生在世，难得有人相伴今生，凡是会出现的小问题越早出现越好。

至少两棵树要在一起，肯定免不了枝叶相交时的磕磕绊绊。但是我们是要一起守望蓝天的，我们还要拉着小树苗和我们一起成长。

这一切都因为决定在一起的时候就已经想好了。

婚姻是一场修行，是人生路上必不可少的旅程，这一场修行的成功与否要看我们双方的修为；人生也没有那么多的只如初见，我更愿意漫漫长路相伴在一起，让我在白发苍苍的时候还能够依偎在他的身旁，想着最浪漫的事情是此生可以看着彼此慢慢地变老。

　　这大概就是我对婚姻的理解和我想要的模样，毕竟沾染了油盐酱醋的平淡，经历了同甘共苦的旅程才是人间最好的爱情和陪伴。

爱一个人最好的方式，是经营好自己

1

这一生漫长，每一个人都会遇见属于自己的命中情缘，就算世界荒芜，也会有一个人是你的信徒，这一点你无须质疑。

你也会因为爱一个人而成了他（她）的信徒，从此以后想喜欢的都是他（她），想爱的也是他（她），只要是他（她），余生都是最美的模样。

爱一个人没有错，我们都想倾其所有去对一个人好，花光所有的力气，也只是为了他（她）眉间的那抹笑，或者怀中的那一刻温柔。

可是你有没有想过，真正爱一个人是一种什么样的体验？是不是生怕自己做得不好，生怕自己不够优秀，生怕一见到那个人就开始自卑起来？

还是你完全不理会这些，依然可以笃定地散发着自己的光环？你明了爱一个人是因为互相吸引，因为彼此仰慕。

无论何时都不要弄丢了自己。

2

其实我们心里都明白，一份好的爱情从来都不是委曲求全得来。

巴结讨好、单相思都只是一厢情愿的坚持。最好的爱情是两情相悦，最好的爱人是互相成就。

而真正爱一个人的体验一定是我和你在一起后，我们变得越来越好，越走越笃定，越来越有共感。

牵手共进的爱总是要好过一个人原地踏步的成全。

所以后来才有了这句话：别爱得太满，别睡得太晚，你总要留点让自己增值的时间。

那么同样也要说，别在一份爱情里因为太爱而失去自我，那样的爱反过来会迷茫。

其实这个世界上无论男人女人都是一样的，都希望自己爱着的人总是优秀的、有魅力的。

谁也不会去爱一个一事无成、不知进取的男人，谁也不会去爱一个不懂得爱自己，每天怨言满地、糟糕的女人。

那是一种天性，你理解为人性潜意识里的虚荣也好。

那么究竟爱一个人最好的方式该是怎样的？

除了爱得真诚真心外，是经营好自己。

用最优秀的你、最好的你去爱着一个人，彼此成就，那么你的付出也就更具有价值。

而不是因爱丢失了自己，最后弄得狼狈不堪，还不明白一份感情究竟是何时有了间隙。

苦苦相逼，也得不来一份满意的天长地久。

3

最近有一部爱情电影很受欢迎，叫《28岁未成年》。

讲的是一个为爱放弃了自己理想和自我的女孩凉夏。

逼婚于一个自己爱了十年的男人毛亮，结果遭到冷漠的拒绝，换来了这些：

我和你已经不是当初的我们了，分手吧！

你可以不去上班，你可以无所事事，但是我却厌倦了这样的一个你，我甚至都不需要你为我这样做着……

我想的只有第二轮融资的事情，我没有心思谈这些。

言下之意，早已厌倦。

而凉夏此时才蒙了，她怎么也没想到当年那个手捧鲜花拦住她的去路，在人群里大胆向她表白，执着地说"我要和你在一起，十年不够，要一辈子，要生一堆孩子"的男人对她厌倦了……

让她措手不及。

所以她失魂落魄、痛哭流涕地去追逐毛亮，却根本不能让他停下一丝丝的脚步。

十年前的凉夏是优秀的凉夏，青春无敌，才华横溢，自带魅力。

他自然像吸盘一样附属在她身边，要和她谈一辈子的爱。

只是十年后的凉夏早已经迷失，早在爱里丢失了那个优秀的自己，每一天所有的心思都只是为了这一个男人。

围绕他，以他为中心生活，等着他娶她。

这样的她停滞不前，而他努力奋进着，两个人的世界早就不在同一频道上，两颗心的距离越来越遥远。

4

直到后来凉夏在悲痛欲绝的时候购买了一盒神奇巧克力，变回了 17 岁时的自己。

恢复了青春的气息，恢复了夺目的才华，拾起了引以为傲的画笔，不依附，不委屈，有着自己的霸气，有着自己的魅力。

这样的她出现在他面前的时候才是最好的模样。

经营好自己后的她又成功引起了毛亮的兴趣。

影片里 28 岁的凉夏被 17 岁时的自己治愈，让她明白无论何时，你都不能丢失了自己，你要保持着自己的优秀，清醒地明白，爱一个人不是没有了自己，而是要和他一起进步。

只有经营好了自己才能获得你想要的爱情，也只有经营好了自己，才能更好地去爱一个人。

那是不卑不亢，不低到尘埃里。

最后她重新收获了毛亮的爱，也成就了更好的自己。

5

前几天查看邮箱，有一个女孩给我写了一封信。

她说她很迷茫无助，不知道何去何从。

她的男朋友想让她去他的城市和他一起发展，说是会一辈子养着她，只要她陪在他身边就好，不用她上班、出去抛头露面什么的。

可是她又不想放弃现在的工作，以及心中的梦想。

在这个城市，有自己的追求，有自己的朋友圈。她每一天阳光朝气的，觉得很满足。

如果和他去了陌生的地方，她怕丢了现在的模样。

如果不去她又觉得愧疚，她那么爱他，怕伤了他的心。

问我爱一个人是不是不能太自私？

是不是应该要为他牺牲，放弃所有跟他去？

毕竟以后也是要嫁给他的，现在开始做他背后的女人是不是也可以？

其实我想说，无论怎么选择，爱一个人都应该是成全最好的彼此。

你可以留在自己的城市，继续着自己的事业和梦想，好好经营自己，然后依然爱着他，等时机成熟在一起。

他爱你自然会理解你支持你。

或者去他的城市也不是不可以，但是不要丢失了自己才是最关键的。

他现在不让你上班，你就真的不上班了吗？他说养你就一定是养你一辈子了吗？这些自己要分得清楚。

丢失了自己在哪里都爱不好人，只会埋怨、不甘、后悔、歇斯底里。

反之，在哪里都会是最好的自己最好的爱。

因为一个人只有懂得经营好自己、爱自己，才能从容淡定地去爱别人，才会不急不缓，爱得刚刚好，爱得互相成就。

给对方一个优质的爱人，不是拼命对一个人好，那人就会拼命爱你。世俗的爱情里难免有现实的一面，你有自己，有价值，你付出的爱就有人重视。

爱，就是这世上你最好看

1

年少的时候，我们喜欢一个人，就会喜欢他（她）的全世界，喜欢他（她）青春无敌的笑脸，也喜欢他（她）委屈哭泣的眼，大概牵一次彼此的手都会是红着脸足以用来怀念一生的事情。

那时的我们不懂"情人眼里出西施"的感悟，只会以为爱情就是这样的，我喜欢你，你就是最好的。

我们眼里的色彩是单一的，非黑即白，你就是你，喜欢就是喜欢。

后来长大，我们喜欢一个人，他（她）还是全世界，依然喜欢他（她）明媚阳光的脸庞，和闪着金色的光环。

只是长大后的世界多了很多颜色，绚丽多彩，才发现要找一抹当初的简单，已经不再那么容易。

每一个人的身边不知道何时开始多了很多关于爱为何物的问题，也多了几分爱的不确定和胆怯迷茫。

2

就像曾经的我也一直会问自己：喜欢一个人到底是怎样的？爱

一个人又是一种怎样的感觉？除了那不变的悸动、微红的脸、狂热的心动外，还会有什么？

除了明媚的脸庞、耀眼的光环外，你会不会也喜欢那个有着缺点的她或他？除了一开始的悸动、荷尔蒙飙升外，会不会也爱那个未来老去难看或者一世清贫的她或他？

直到有一天，你发现无论他（她）盛装出席还是一身粗衣面你，你都不会心有所别；

直到有一天你看过万千山水，面对大千的世界，美女如云抑或帅哥成群都不再为之心动；

直到有一天你的眼里心里只有一个人，无论她或他是美的丑的，青春的，苍老的，都是最美的模样；

直到白发苍苍，捶打嬉闹，咀嚼岁月时，你都是满满的喜欢。

大概这就是爱了。

我豁然明白几千年前流传下来的"情人眼里出西施"是那样的正解，才明白真正的爱情是最简单的那句话：爱，就是这世上你最好看。

这世上你最好看，眼神最让我心安，只有你跟我有关，其他我都不管，全世界你最温暖，肩膀最让我心安，答应我别再分散，一辈子恋着多喜欢……

于是在这样的雨夜里我忽然想起了那些温暖着人心的平凡挚爱的故事，那点点滴滴都溢出"爱，就是这世上你最好看"的温情。

3

记得小时候，在老家的村子里，有一对非常特别的夫妻。

我没见过他和她年少时候的模样，也没见过他们相爱最初的欣喜，因为那时我不知道自己还在宇宙的哪一个角落像尘埃一样漂浮。

但是在我后来的所有童年时光里，那对夫妻是我见到的人到中年，又身有残缺，却爱得最为动人的一对。

在他们的眼里彼此都是最好的，他是最勇敢可靠的，她是最美丽温柔的，两个人一辈子都是你侬我侬没有分开过，没有怨恨嫌弃过彼此一回。

那个丈夫四十多岁，身高1米65左右，严重驼背，但是每一次见到妻子就会露出笑脸张开双臂；那个妻子1米5左右，人长得非常瘦小，带有一点小儿麻痹后遗症的轻微痴傻，但是每一次她的丈夫出现在视线里就会远远地咧着嘴巴笑，像个孩子一样跑到他的身边，挽着他的手臂，一蹦一跳地回家去。

他和她没有父母没有孩子，就是两个人相依为命。

全家的收入靠丈夫一个人打零工维持，家里还养了几头牛，空余的时候他们一起去山坡上放牛，有时候和牛说话，有时候两个人说话，有时候两个人就不说话看着晚霞，依偎在一起。

那时日子贫寒，但是再贫寒，我们都未曾看见他们彼此抱怨过一回。

相反的是丈夫拿她当着宝贝，不舍得她吃苦，不舍得她难过，就算有一个馒头也要藏回去给他妻子吃。

平时看着神智时好时不清醒的她，见到他就没有一次不清醒过，脸上的笑容都不曾隐藏一分一毫。

他们同进同出，同甘共苦，他们彼此相爱，用最原始的情感，没有杂念没有嫌弃，在彼此的眼里最疼惜……

记得那时有一些人开他玩笑，说你这么疼你家的老婆，你家老婆又不是最好看的。从未和人起过争执的丈夫第一次抡起拳头要揍人，在他矮小的身材下，暴露出来的满是爱的力量。

他说，在我眼里她就是这世上最好看的人。那就是爱，你是这世上最好看的。

4

再看《半暖时光》沈候爱颜晓晨时的心情，那眼里心里嘴里行动里都满是她的最好看，哪怕是看她生气时候的样子，都会觉得是一种幸福。

我幸福，是因为能够看着你微笑、生气，我幸福，是因为能够走进你的世界去感知你的快乐和悲伤，我幸福，是因为无论你怎么样，在我心里就是那个西施。

忽然想起先生与我。我不是那个最漂亮的人，但是他几次说我是他最喜欢的人，是他喜欢的古典的美。我认识他的时候，什么也不是，什么也没有，甚至还在为生活的温饱而愁苦努力。

但是他走进了我的心，用他最宽广的肩膀，用他最真诚的心意。直到后来，我们一路打拼一路相爱。

在我的眼里，婚姻是延续爱情的温室，是爱情最有保障的地方，是我披头散发，一脸素妆，甚至他洗澡我还可以上厕所的自然和心安。

于我眼里，他还是那个最正义、最有担当、最具责任心的男人。

想起不知道是哪一个作家写过：今夜你不必盛装出席，不必在我面前坚强，不必在我面前小心。心中的柔软就这样蔓延了开来。

我爱，你是这世上最好看的你；我爱，你不必为我小心翼翼盛装出席；我爱，是那个最真实的你，有优点有缺点，曾年轻，会老去……

突然想起《诗经·邶风》里的《击鼓》篇，"死生契阔，与子成说；执子之手，与子偕老"，大概也有了深远的坚定。

当我们趟着岁月的河，衔着时光的花蕾，怀着一份美好与快乐，浅语轻盈地走在四季的光阴里。眉头心上，盛满笑容，心底的芬芳如花儿香甜，全是因为你……

就像此刻，初冬的雨水落在城市钢筋水泥的丛林里，滴落万家灯火的霓虹外，滴答滴答，回头看着身边熟睡的人，是那种蓦然回首，斑驳时光里，你在就好！

而爱，一定是你在我眼里最好看的模样……

女人的温柔，是男人疼爱出来的

1

盛夏的时候，有一个晚上我在书房里写字，突然被一阵吵架声扰乱了思绪。寂静的夜里，有一个女人在嚎啕大哭，有一个男人在摔东西。

动作之大，哭声之凄厉，使得小区里很多早已熄灭的灯火又重新亮起，还有人陆陆续续走到阳台去张望，比如我也是其中之一。

吵架的是楼下租了店面房的一对夫妻，望下去刚好在对面楼梯45度角的地方。

平常也会在门卫处偶然相遇。

知道男的好像是自己做点生意，女的也有一份工作，还有一个已经上初中的孩子。

可是常常会深夜吵起。

听一些人说，现在男的基本不怎么回家，一回家两个人也是吵架，女人基本不怎么微笑，总是一副不开心的样子。

可是我记得刚来这个小区的时候，他们就已经在这里生活了很长时间，那时候我见过的他们也是出双入对地进出，有说有笑。

女人的脸上是平静柔和，是一种岁月柔软的模样。

而男人虽然不算高大挺拔英俊，但是搂着女人的肩膀，温情脉脉，也很是幸福。

2

而现在这已经不是他们的第一次吵架了。今夜又是为了什么，在这深夜又闷热的夏日会撕开脸皮吵得不可开交。

后来总算是听明白了，是男人外面赌博晚回，大概输了钱心情不好，女人在数落他，数落久了，就火山爆发了。

听那个男人咆哮着说："你现在变了，变得不可理喻，变得嚣张跋扈，变得像一个母夜叉，让人看了就烦，以前你可不是这样的。以前的你性格好，温柔又善解人意，现在就一个怨妇，管东管西，烦！"

女人一直在哭，哭得撕心裂肺时，她也说："也不想想，是谁造就了今天的我，你一个男人成天不在家，什么事情都不管，要么就是喝得烂醉如泥回来，要么在家葛优躺抱个手机聊得欢天喜地，十指不沾阳春水，还嫌弃我这里做得不好，那里不如你意。你赌钱输了就回来找我茬，真当我欠你的吗？"

"啪"一声，一个响亮的巴掌打在女人的脸上，骂她不可理喻骂她扫兴情。谁谁家的老婆多善解人意，男人也在赌啊；谁谁家的女人多么温柔，回去还有夜宵吃嘞。

我听到女人冲出了屋子回头骂了一句："我现在这样都是你造成的，你把我当老妈子，别想见到我的温柔……"

只听男人又把一个碗盆一类的东西摔在地上，紧接着，一切恢复寂静。

而我听到楼下忽然集聚很多人在指指点点，窃窃私语。

3

后来我一直在想，是什么让一个女人变得如此委屈和不快乐，是什么才能让一个女人像个刺猬一样来保护自己，在深夜万家灯火熄灭后的柔情时光里，撕心裂肺地哭泣。

如果我是她，我先生是他，那么今夜的一吵，如何让女人、让我温柔起来？

要知道女人的温柔，是男人疼爱出来的，善待出来的，而不是你打骂和懈怠出来的。

温柔似水，善解人意，是每一个女人最希望看到的自己，但是如果没有一个人的尊重、欣赏，没有自己爱的男人的细心呵护，没有长情的岁月陪伴，你如何能看到她有什么温柔。连给自己穿上盔甲的时间都不够，与其受伤难过，不如像刺猬一样的让人难以亲近。

每一个女人都想是天使，飞舞在爱的男人身边。如果可以，谁又想成为那个午夜叉着腰气得发疯的母夜叉呢？

我记得作家维琪包姆曾如是说："被爱是女性成功的重要因素，丈夫所扮演的角色十分重要。"

你若呵护有加，她必然受时光柔情洗礼，变得越来越温柔；

你若呵斥有加，她必然活得越来越没自信，变得小心翼翼，压抑自己。一个压抑自己不快乐的女人又如何充满爱人的能力和温柔如水？

也许你会说，孔子老先生说过，唯女子和小人难养也。

我不否认女人这种生物是需要养的，就像男人这种生物也需要被懂得一样。

你养得好她就是你的天使，你要不管不顾，养得不好，可能她也是一个怨妇。

一个好男人成就一个好女人，一个好女人也成就一个好男人。

所有的柔情必当是互相的珍惜和爱戴所就。

你若疼爱她，她没有理由不温柔。

4

以前在看苹果日报社长董桥的那篇《永远的潘慧素》里，就有对她的一段描写：

说她亭亭玉立站在一瓶寒梅旁边，说她一身黑色旗袍和长长的耳坠里满是温柔的民国风韵，流苏帐暖，细声软语……是一个多么婉约美好的女性。

可是谁又知道这一切的她若不是当初遇上张伯驹又会怎样呢？她活色生香的名妓生涯都未必就会结束。她那冰火两重天的人生，别样洞天的忧愁恨意谁解？

那个优秀的张伯驹对她的欣赏、爱意、呵护，才成就了一个具有名媛气质和创作灵感的潘慧素。

才有章诒《往事并不如烟》里对夫妻二人的描述：这对夫妻相处，她总是以张为轴心，是百分之百对他的好。

张欣赏她的婉约、才气，潘用温柔默默相陪。

他支持她的事业绘画创作，用一个宽厚男人的默默扶持，成就了潘慧素一个宽容女人的对他无声支持。

这就是疼爱出来的温柔，不是女人婚前如何，婚后如何。

而是她所遇是何人。

5

所遇良人，岁月安好；所遇渣男；岁月满身盔甲自披。

被疼爱出来的女人就算是手撑一把伞，也会像捧着一束玫瑰花一般美好。

若被怠慢无所谓出来的女人，手捧一束玫瑰花，也仿佛是在艰难撑着伞。

实际上一个幸福的女人背后一定有一个本质不错、智慧的，会替女人着想，会疼爱她的男人。

再有一个温柔善解人意的女人来成就男人的成功。

宋美龄说过，所有的爱情，都基于欣赏，很难想象有人会爱上自己轻视的人。真正爱你的那个人，从来不需要处心积虑地讨好，哪怕他英俊无双、富可敌国、权倾天下。

那么一个温柔的女人不是永远的自我温柔，而是被自己的男人疼爱出来后，被岁月的柔情熏陶而就。

女人如花，花似梦，真正爱花的人疼惜她，给她欣赏、爱护、疼惜，给她阳光和雨露，让她在你的一世柔情关爱里温柔地释放出最美最娇柔的花朵，给你一个馨香的回馈，缠绵悱恻的柔情。

所以不要再嫌弃自己的女人是母夜叉了，你要问问自己是不是那个疼爱她的人。

　　每一个女人最想做的是天使，爱的人的天使。每一个女人都渴望有一个护花的人。

　　那么让我们都被岁月温柔以待吧，也温柔待他人。

　　你的疼爱就是她的温柔、她的成功……就是美好生活的漫漫柔情蜜意。

与其临渊羡鱼，不如退而结网

　　朋友紫之是一个非常懂得生活的人。

　　她是那种随便发一条朋友圈动态或者走在哪波人群里都会收到来自四面八方惊羡目光的女人。

　　认识她的人都能在她身上感受到浓浓的阳光明媚味。

　　她仿佛会魔术，总能将单调、枯燥、乏味的生活不经意间变成温馨美好的诗意模样。

　　她会一手好的烘焙手艺，在周末的早上或者午后给自己和爱的人准备一份精致营养的早餐或一份休闲美味的下午茶点。

　　无论是酥皮泡芙、蔓越莓饼干、各种戚风蛋糕、千层奶酪、披萨、提拉米苏、派等等，紫之都能做出瞬间让你垂涎三尺的色香味来。

　　她会在空余的时间，拿上一本书，煮上一壶茶，随性地在客厅找一处地，铺上一张榻榻米垫子，摆上一些花卉，席地而坐，津津有味地看一下午书，喝一下午茶。

　　她也喜欢喝咖啡，会细心地研磨咖啡豆，会擦亮煮咖啡的壶，静心等一壶浓香的咖啡煮熟，不急不躁。

　　她会把家里的每一寸地方每一处摆设360度无死角地寻找出文

艺的点，精心雕琢。

今天是文艺清新的咖啡馆，明天是激情澎湃的小酒吧，后天是安静舒适的小书房，过后还有很多温馨浪漫的小卧房，居家恬淡的小阳台，等等。

她种多肉，也养其他花草，在无聊的时光里，一首歌，一本书，几株花草就能打点出令人向往的日子。

她爱旅行，给自己和家人制定了一年一次国外游、一月一次国内游的目标。无论远近，不论刮风下雨，都会按约前往。

她的衣服不多，但精致整洁，她的化妆品不贵，但妆容恬静，她的朋友不多，但都珍贵。

这样的她就像一道闪光的线，这样的生活就像畅游于深潭欢快的肥鱼，令无数朋友羡慕不已，欲想拥有。

多少人曾在她的朋友圈里羡慕她的生活，羡慕她的手艺，羡慕那诗一样的远方和故事。

她做一道烘焙，下面会跟一串：

真厉害，真羡慕，怎么做的啊？太精致营养，我也很想做出你这样的早餐。

她看书养花，能引来无数点赞、讨教和惊羡：

好羡慕你有这样的时光呢！有闲情逸致养花看书。我什么时候也可以啊？真美好！

她去远行，用照片和文字记录旅行中的点点滴滴，羡慕声更是波浪汹涌：

哇，好漂亮的地方啊！在哪里啊？原来我也想去那地方的，真向往……你怎么会有那么多时间和钱啊？唉，我哪里也没去过，好想像你一样去远方呢！

　　……

　　我们总是隔着朋友圈去羡慕他人的生活，羡慕别人的幸福，并渴望自己最好也能幸运过上这样的日子。

　　像从前有一个挑夫每一天坐在路边幻想，幻想有国王经过此地，并带他回去，从此锦衣玉食，过上无忧无虑的生活。

　　像每一个充满期待的灰姑娘，期待也会遇见童话中的王子，过上幸福的人生。

　　但现况往往大多是心生羡慕，却止于行动。

　　我们总是会侃侃而谈、临渊羡鱼、天马行空，却难于脚踏实地退而结一张网。

　　想要无数次诗和远方，有过无数次的蠢蠢欲动，却依然困于心内，举步不前，过不好这一生。

　　我们是不是也习惯了只会带着羡慕的目光在仰慕别人的幸福里悄悄地度过一天又一天，像那种一天能够看到一生的模样。

　　我们总感心有余而力不足，可是有时候一点努力都没尝试过，就学会了放弃。

　　有人曾说紫之家里一定是家境优越，有大把的钱、大把的时间，才能过上这样的日子吧！

　　不是的。她也只是芸芸众生中一个普通的女人，一个奔跑于工作和家庭间的职场女性和妈妈而已。

　　她也不是什么富二代，也没有大把想有就有的时间。

有人说，那她一定极其幸运。

然而这世界上哪有那么多轻而易举就能获得的幸福？全靠自己努力争取获得罢了。

其实她只是一个羡慕河里的鱼，就会退而去结网来捕鱼的人罢了。

她觉得蛋糕好吃，就会拼命地在网上学习，一遍一遍地尝试；她觉得咖啡好喝，就会去钻研咖啡的品种和煮咖啡的手艺，像神农尝百草一样地尝试；她喜欢文艺，就会练就一双善于发现的眼睛和一颗时时记录的心，把普通的事物营造出各种诗意的场景来，学着在柴米油盐里开出玫瑰。

她哪里有什么大把的钱供她挥霍，也不是每一次都有说走就走的时间来随心所欲地任性。

只是她爱旅行，就会打理好自己的生活和金钱，把不该浪费的时间留好，把不该挥霍的钱预存下来，为一次远方的旅行做好十足的准备。

她会把每一个月的出行当成有趣的盼头，努力去赚钱，努力去完成工作和打点好家庭，出行就痛痛快快的，旅行回来就继续投入到奋斗的节奏里，再为下一次出行做准备。

周而复始，良性循环。

她羡慕一段好的姻缘，绝对不一味地对别人的婚姻侃侃而谈，而会退到自己的生活里，仔细去经营，不知不觉中过起曾经羡慕过的别人家的爱情和生活。

她会把别人泡酒吧的时间用来看书、养花、学烘焙，她会吸收别人的长处提升自己。

无论何时她都懂得与其羡慕不如增值。

紫之像一道阳光，从地平线升起，羡慕温暖，她就自己发光；紫之像一道清泉，从大地深处涌出，羡慕恬静，她就润物细无声。

很多人会觉得自己的生活是多么艰难，而别人的生活又那么多姿多彩。其实生活大多是艰难的，只是你对待生活的方式不一样。

很多人羡慕别人的美好生活轻而易举，其实你也很好，正如你在桥下看风景，而看风景的人在楼上看着你，你也是一道美丽风景。

喜欢美好是天性，羡慕美好是使然，然而想一千次，不如做一次。

宁愿在追逐中华丽跌倒，也胜过无谓的徘徊和空空如也的幻想，而幻想醒来，方觉年华蹉跎。

《汉书·董仲舒传》中说："故汉得天下以来，常欲治而至今不可善治者，失之于当更化而不更化也。古人有言，曰：'临渊羡鱼，不如退而结网。'"

我们站在河塘边，看着水中的鱼儿欢快地游来游去，幻想着自己得手后的场景，倒不如回家去织一张渔网来捕鱼，让愿望实现。与其空空羡慕，徒有愿望，不如行动起来去获得。

我想那才是我们终其一生需要做的事情。

好的婚姻，看厨房

我有一个习惯，每一次去到一个陌生的地方，总爱去当地的乡野转转，感受下当地的风俗民情，看一看陌生的大地带来的亲切感。

尤其是站在高处，远眺那些还有烟囱的农舍，遇上饭点，袅袅炊烟从各家的烟囱口升腾起，弥漫开，和云朵融合在一起，再飘过参天的大树去远方……

那种感觉仿佛是美好日子在飞舞，让人流连忘返。

所以每一次旅行如果有幸能够去一户人家，进一次厨房，吃到男主人或者女主人亲手做的地道菜肴点心，感受那热气腾腾的饭菜里，溢满生活的味道时，幸福度就会蹭蹭蹭地爆表。

每当这时我就会想起母亲对我说的话："你要看一个人家日子过得怎么样，只要看看这一家的厨房就好了；你要知道一段婚姻好不好，也看看厨房就知道了。"

厨房冷冷清清的，日子也冷冷清清的；厨房进进出出，热气腾腾的，日子也就热气腾腾。这日子过好了，婚姻也就好了。

老人说结婚过日子，一日三餐话生活，大概说的也是烟火气。

所以那时母亲在灶前做菜，父亲在后面添柴加火，我总被拉在一旁观看，两个人把我夹在中间。

母亲总说，学着点，以后成家了嫁了人一定要自己做饭吃，外面再好吃也不要留恋，能回家吃的就回家吃。

一个厨房温情满满的，这婚姻也温情满满。厨房你能经营好了，这婚姻也错不了。

当时我小，没有感觉。

后来长大、成家，看过人间很多烟火后，深以为然。

一直都觉得姑父和姑妈的感情甚好，结婚四十多年了，比现在很多年轻的夫妻感情都要浓烈坚固。

他们常常一起上街买菜，一起回来洗洗切切。姑父看着姑妈在煤气灶上忙活出一道道色香味全的菜肴，姑妈看姑父在一边偷吃小菜。

这样的画面总是很温馨，后来明白感情之所以浓烈大概也和这厨房不可分割，也难怪从前母亲总是叫我之后无论如何要学会在家吃饭，大概也是想让我守着这平凡但又真实的人间烟火吧。

有一次和姑妈谈起这事，她说：**其实人只要常常相伴在一起，多沾沾家常，经常在一起吃饭的家人是很难分开的。**

那时我深深地被感染。

没事逛 BBS 的时候总看到有人在婚姻版块谈论各自的生活。

有一次一个大姐在论坛里说："日子过不下去了，要离婚了。家里冷冰冰的，厨房也冷冰冰的，夫妻之间一年也说不上几句话。"

有人问："你们不一起做饭吃吗？"

大姐想了想说："刚结婚的时候，一起做，那时觉得挺好的，日子虽然清贫，但是一家人围在一起吃饭聊天，特别开心。后来，他不经常回家吃饭了，我也懒得做了，外面到处是可以吃饭的地方，大家哪里方便就哪里解决。"

可是这哪里方便哪里吃，最终也吃没了爱情。你把日子过随便了，日子也就随便你了。

我和先生结婚十年了，我们保持着一个习惯——回家吃饭。这回家吃饭意味着我们家的厨房基本不停歇。也不是不出去吃，而是把出去吃当调味品，家里永远是主调。

平日里先生负责买菜烧菜，我负责淘米、做饭、洗碗。

家里的油盐酱醋总在我们的掌握之中，这是一种非常美妙的感觉。

于是无论下班多晚，他总是愿意在厨房忙活。我和小辰辰要么在客厅辅导作业，要么摆好碗筷，挤在厨房，做一个菜偷吃一个菜，乐得先生总是大显身手一番。

或许朋友圈里我除了文字晒得最多的也是他烧的菜和一家人在一起出行的记录了。

我总觉得那样才是生活。

陈大咖在《不过一碗人间烟火》中写道：

> 人生在世，无非"吃喝"二字。将生活嚼得有滋有味，把日子过得活色生香，往往靠的不只是嘴巴，还要有一颗浸透人间烟火的心。
>
> 你待在厨房里认真地挑拣着菜叶，为爱的人做一餐可口的饭菜是多少句"我爱你"不可比拟的。

谁家厨房热气腾腾，谁家的日子一定不孤单。

看过《红楼梦》的人都知道，里面其实都是家常，说的比较多的也还是美食。

薛宝钗家的茶果子，老太太赏的山药糕，晴雯的豆腐皮包子；宝玉送探春鲜荔枝，史湘云做东螃蟹宴，刘姥姥送礼有倭瓜，等等，等等。

人间自古和吃有关，吃就和厨房有关，和厨房有关就是和生活有关。

闺蜜现在在家做全职，一边带娃，一边学习厨艺烘焙。烧的菜一道比一道好吃，做的烘焙一个赛过一个。你去她家的厨房看看，到处都是居家菜香的味道。

难怪她的先生称赞她的时候越来越多，而她更乐意专心于她的孩子、厨房、家庭生活。

孩子吃得白白胖胖，可爱得很。先生也爱吃她做的菜，相比之下，外面的诱惑都失去了色彩。

厨房留住的不仅仅是一家人的胃，更是一家人的心。若想婚姻美满，厨房这门学问还是要修炼。

身边年轻的朋友总觉得自己和爱人待在一起没话说，觉得日子枯燥，生活乏味，于是很多婚姻名存实亡，家里像酒店，家人像过客，但旅馆生活总归是不踏实的。

其实生活脱去华丽的外衣，真的很简单，人生在世无非是衣食住行而已。我们常常向往外面的世界、别人的婚姻、他人的幸福，其实这一切你都拥有。

炊烟袅袅，世间情意缠绕，厨房兴旺，则日子兴旺，想起母亲说的"好的婚姻看厨房"，不无道理。

愿每一个热爱生活的你都能有一个热气腾腾的厨房，愿我们在经营婚姻之道上越走越轻松。

你之所以感到孤独，
是你在乎的人没有关心你

　　我家辰辰最近迷恋神奇宝贝，天天学着皮卡丘的声音逗我们开心，近几日又裁剪了很多扑克牌大小的画纸，说是要把每一个宝贝画在纸上。

　　某一日下午，他又趴在地板上描描画画，我路过他身边，他朝我挤眉弄眼，好像有什么他悄然做的事情即将要大功告成一般。

　　那神秘的劲儿至今想来还是有些滑稽。

　　大约隔了半小时，他兴奋地拿着一叠纸片，费劲地用肩膀移开阳台的玻璃门。

　　雀跃地来到我身边说："妈妈，你瞧，我画了什么？"

　　当时我在洗衣服，双手均沾着肥皂的泡沫，只是对着他那一叠纸片瞟了一眼，随随便便地说："好像是你说的神奇宝贝吧！"

　　"回答正确，那妈妈你看看这一张皮卡丘怎么样？这一张独角虫怎么样？这一张呢？妙蛙种子呢……"

　　说实话当时我只顾着手里的衣服早点洗完，他一张张递到我跟前，我根本来不及看，于是无意识地敷衍说："都还不错啦，妈妈洗衣服，你先自己去玩。"

小家伙拿着一叠小纸片不情愿地回到客厅里，把纸片放在茶几上，一个人望着电视机发呆。

全然没有了刚才喜悦的神色。

等我洗好衣服回到客厅，他竟然靠着沙发迷迷糊糊睡着了，手里捏着他的神奇宝贝。

才意识到自己刚才扫了他的兴，心中有些愧疚。

等他醒来，我坐在他身边关切地问他："怎么睡着了啊？"

他睡眼蒙眬地回答："不好玩，后来就睡着了。"

"不是在玩神奇宝贝吗？"我摸着他的头发。

"哦，妈妈没时间看我画的神奇宝贝，也就不好玩了。"

他脸上分明有一种失落的感觉，那感觉就像某一次我买了一条新裙子，精心穿戴好，走到先生跟前问他怎么样？而先生忙于查找资料头也没抬就说好看好看时，心情是一样的。有一种无趣，有一种莫名其妙的孤独和失落。

那么我刚才无心的敷衍，不仅扫了他的兴致，还让他忽然也感觉到这种无聊和孤单了。

满心欢喜地来和我分享他的成果，一张张展示介绍他画的神奇宝贝，而我却三言两语，忙于几件衣服，把他打发了。

意识到自己的问题，我马上摆正态度，诚恳又饶有兴趣地想要再看看他画神奇宝贝。

"对不起啊，刚才洗着衣服手太湿，怕弄湿你的宝贝呢！现在可有时间了，不知道你还愿不愿意给我看看那几只你画的可爱的宝贝啊？"

听我这么一说，刚还睡眼蒙胧的他一下子睁大了眼睛，重新焕发出神采，拿出手里的那叠纸片欢快地凑到我跟前。

"妈妈，当然可以啊。你看这张皮卡丘是不是在笑啊，这个火恐龙有没有很帅呢？"

"嗯，很不错呢，皮卡丘笑起来的时候有点像你呢！这是火恐龙啊？会不会咬人啊？我有些怕呢！那个妙蛙草好像很神奇吧！这是什么绿毛虫？实在太可爱了吧……"

他笑得前俯后仰，一一解释给我听，还安慰我不要怕火恐龙呢。

你之所以孤独有时候是因为失落。

孩子的世界非常简单，失落得快，幸福得也快。

前一秒哭着，后一秒就笑了，但是他也会感到什么是孤独和无趣了。

尤其是他在乎的人没有关心他的时候，尤其是他满心喜悦地要和你分享的时候，你的不耐烦，你漫不经心的敷衍他已经有感觉了。

后来我一直在想这是天性，是人类与生俱来的感受。

孤独像是不可避免的种子早就埋在我们的骨子里，吸着血液，随时预备生根发芽。

这种孤独是从一个人来到这世界就注定的，但是另外还有一种孤独却是后来你在乎的人没有关心你而来的。

那更多的是失落，是你渴望被认可被在乎的期许，或许也就是人性的弱点。

然而没有人会说我天生就喜欢孤独，我天生就不需要有人在乎，我一个人挺好的。

那些说着我就喜欢孤独的人，大概只是不希望失望而已吧。

在我们成人的世界里，后一种孤独更为常见。

有一次在济州岛旅行的时候，某一个夜里，同事都聚在一起吃炸鸡喝啤酒。

席间还玩着真心话大冒险游戏。

气氛相当的活跃，欢声笑语此起彼伏。

那时房间里地暖的温度也特别舒服，大多数人的脸上都红扑扑的。

而我始终觉得场面越热闹，我的心里越有点儿空落落的。

同事们对我有说有笑，而我却还是会感到瞬间的孤独。明明气氛那么好，明明朋友那么多。

后来我还是借故离开，回到房间，一个人看起书来。看着看着，莫名其妙地被孤独感包围压抑起来。

我很明白这种孤独感来自哪里，因为我一直在等先生的电话。我来济州岛几天了，先生还没有来过一通电话。

短信也就在飞机起飞前和起飞后来过，其余时间仿佛我在哪里过得怎么样都和他没有了关系。

就这样，济州岛的夜晚变得漫长，窗外的霓虹变得失去了色彩，满屋的欢声笑语不再有感染的魅力。

兴致索然，甘愿静静地被孤独牵制。

那一瞬间，在异国他乡，特别想念那个家，想念先生和辰辰，更想我在乎的人关心我。

于是推开窗户，望着万家灯火闪烁，我拿起手中的手机就突然给先生去了电话。

没好气地说:"你这个没良心的,我来济州岛两天了,你也不问问怎么样。电话也不打一个!你不在乎我就直接说吧!"

先生在电话那头一脸委屈地解释:"冤枉啊,我想让你玩得舒服点,不想让你太牵挂家里,所以才忍着没打电话。不然你以为出去一趟,家里那个怎么那么不放心呢……"

我又突然破涕为笑,不骂了。

心情又恢复到极好的状态。挂完电话,仿佛济州岛的夜色突然又美丽起来,霓虹闪烁,灿若星辰。

其实女人的心最终是因为在乎的人而喜怒哀乐的。一个小小的在乎和解释就能够褪去孤独,鲜艳起来。像个孩子,却也不只是孩子。

愿你少一些孤独,多一些温暖。

曾经一个朋友这样感叹过:"常常以为一拨儿在一起就一定不会孤单的,然而我却莫名其妙地想起那个我喜欢的人不在身边的时候,感到是那样的孤独。"

曾经在大理旅行的时候结识一个姑娘,她说:"我以为来大理就一定会快乐,然而我来了,却依然不快乐。大街上到处是洋溢着欢喜的人来人往,古城内随处可听到伴着手鼓的民谣,然而我却迷失在街头,莫名的忧伤。原来他不在的地方,到哪里都是寂寞。"

我忽然想起三毛的话:"心若没有栖息的地方,到哪里都会是流浪。"

那么你若有在乎的人,而他不在你身边,大概也是孤独的吧!

若你倾尽所有在乎一个人而他却时常忘记了关心你,一瞬间是不是有些悲凉?

才明白你之所以会感到孤独,是因为在这个世界上你依然渴望被在乎被疼惜，才明白所有的忧伤都源于淡淡的失落感。

就像你精心为他化的妆容，只想他认真地看看，仅此而已；

就像你花了心思做的饭菜，只想他能准时回来吃得津津有味而已；

就像你在外面受了多大的委屈，回到家里他能摸着你的头说一声有我呢——温暖；

就像每一个孤独的夜里，他不再忙于打着游戏，而能够陪在你身边说一些贴己话。

那么爱和陪伴大概就是治疗孤独和失落的良药吧。良药苦口，却是很多人穷极一生寻觅的。

愿天下孤独的人都有人陪，愿每一个你在乎的人也会在乎你。

每一个口是心非的嫌弃，
都是如假包换的真情

1

小时候，经常听我妈数落我爸，说他衣服不会洗一件，饭又做不来，叠个被子叠得东倒西歪，院子墙上的拖把倒了只会盯着它看不知道扶起来。

真不知道自己是怎么嫁给他的。

满脸写着"嫌弃"外加后悔得不行。

那时我不懂，每每听她在我面前这么一唠叨，就会贱贱地回嘴："那你怎么就嫁给爸爸了呢？还不是自己嫁给爸爸的。"

然后我妈就保准拿起鸡毛掸子，追着我满巷子跑。

嘴里嚷着："看我逮到不好好收拾你……"

那时我小，我委屈，不懂她的口是心非。

如今几十年过去了，我依然听她在数落我爸，依然会带着"嫌弃"的表情。

但是却从来没有看见她哪一天不给爸爸做饭，反而是几十年来越做越可口，花样都多了。

嘴里念叨着做饭累啊，心里却想着我爸最喜欢吃的红烧肉。

爸爸换下的衣服仍然交给妈妈洗，妈妈仍然拿一个小板凳坐在水井边耐耐心心地刷。

我要搭把手还真嫌弃我洗得不干净，仿佛只有她的手才能洗干净爸爸的衣服，仿佛也只有她自己洗得最称心如意。

而我爸也最习惯穿我妈洗的衣服。

要是哪一天我妈不在身边，也不要旁人给他洗，宁愿自己堆起来，万不得已三下五除二地乱搓一气。

现在她偶尔还是会问我：我是怎么嫁给你爸的？

我偶尔也还是皮皮地回嘴：要问你自己。

但是她再也不会拿鸡毛掸子追着我满巷子跑了，因为跑不动了。

晨光中，她手拿打毛衣的针线，比画着爸爸的肩宽、袖长，要织一件毛衣给他。

她说秋意渐浓，转眼就是冬。

你爸啊，都不知道为自己准备保暖的衣服，属于你不说他就不知道加衣的那种。

怎么办？

我又贱贱地回嘴：有羊毛衫啊，到处都可以买。

她保准又拿起身边的针棒，狠狠敲向我。

外面的羊毛衫都不知道怎么加工出来的，哪有自己手里一针一线打出来的放心。

以后我要不在了，你们别轻慢了你爸。

明明上一秒还在嫌弃他不知冷热，不懂添衣加裤操碎了心的样子，下一秒却又不容别人马虎潦草他。

嘴里分分钟嫌弃，心里分分钟疼惜。几十年如故，几十年深情。

也许这就是妈妈对爸爸的看似平淡实则情深的爱意吧。

其实我早就懂她那些别扭又违心的嫌弃都是对他如假包换的真情。

2

记得怀孕的时候，在准妈妈群里认识一个朋友。她自从怀孕后，食欲就大增，从九十几斤的体重硬是飙到了135斤。

走路、弯腰都变成了非常吃力的事情。

她说她的先生总是嫌弃她，爱开她的玩笑，说她是充了气的气球，快要飞到天上去了。

但是每一次临出门前却不厌其烦地蹲下身子给她系好鞋带，深怕她弯腰压着肚子难受了身体。

她胖得快，他又嫌弃她吃得多。

可是每当她要吃什么，他就会想着法儿的弄来给她吃，一样不够两样。

深怕饿着她。

嘴里说着嫌弃的人啊，多么违心又可爱，在我们看来都是满满的爱意。

爷爷生前，最遭奶奶的嫌弃，一会儿这里不是，一会儿那里不是。

反正脾气大得很，哪里看着都不够顺心。

爷爷总是好脾气地笑笑，说上了贼船就不要再抱怨了。

爷爷生病，躺在床上不能自理。

奶奶一边亲手照顾，一边又哭得不能自己。

这个哪里都不好都遭她嫌弃的老头儿要是不能陪在她身边了，她也表示生无可恋了。

人们常说我们总爱把最坏的脾气给身边最亲的人，殊不知，这背后的寓意却是：只有面对最深爱的人，我们才会毫无顾忌地去做真实的自己。

包括那些啰里啰唆的嫌弃和不耐烦也都事出有因。

爷爷走了有十几年了，但是我们都清楚奶奶再也不会嫌弃谁了。

3

很多时候我们爱一个人，爱到学不会伪装，爱到透明如洗。

爱到明明心里下着雨却还想为他撑把伞。

嘴上是无尽的念叨嫌弃，心中却是无限的柔软温情。

因为我们知道，无论何时无论何地，这个世界上也就只有这么几个人可以深爱着，可以嫌弃着，可以打闹着无怨无悔。

于是无论怎么嫌弃、争吵、难过，我们都学会了彼此包容释怀，因为爱的最高境界早已经是懂你的口是心非。

就像那些嫌弃丈夫喝醉酒的女人，无一例外都是担心着他们的身体。

就像一个丈夫看见自己的妻子为了减肥而无底线地节食时，会勃然大怒却全因为出于疼惜。

就像你嫌弃着孩子闹腾，烦恼着失去了时间和自由，心中仍然一万个心甘情愿，愿意舍下全世界来陪在他们身边。

晚餐的时候先生喜欢喝点小酒，无论他喝多少量，我还是会习惯性地叮嘱一句：少喝一点儿。心里特嫌弃他有酒瘾，双手却不自觉地往他杯子里倒上了酒。

他总是笑笑说：你倒多少，我就喝多少吧，别嫌弃了。

我反而不想太吝啬，心里明明千万个不允许，却莫名其妙地还想陪他喝一杯。

4

记得杨绛先生在钱锺书先生去英国前对他有一段描述：

这位大名鼎鼎的清华才子从小娇生惯养习惯了，除了读书什么也不会，尤其不善于生活自理，处处得有人照顾他关心他。

但是最后她还是放心不下钱锺书先生的这些小问题，毅然决定同钱锺书一起出国。

陪在他身边亲自打理他在英国的生活。

在以后的日子里，杨绛先生更是用无数个"不要紧"为锺书先生排除一切障碍，守护在他身边。

纵然"嫌弃"，也是深情。

香料捣得越碎，磨得越细，香得越浓烈。

喜欢一个人越琐碎越绵长，那些别扭违心的嫌弃从来都是说不出口的喜欢和爱意。

一个人若不喜欢另一个人，连正眼都未必会瞧一眼，怎么还会有闲情逸致多余力气去嫌弃。

转个身各自天涯为安就好了嘛，哪还有力气去纠缠鸡毛蒜皮。

就像真正要离开的人总是挑在一个风和日丽的午后随便找一件衣裳就悄然离开了，而那些不会离开的永远是平日里念念叨叨要离开的人。

所以珍惜身边那些对你絮絮叨叨的人吧，因为都是满怀关心。

所以珍惜那些口口声声嫌弃你却还依然对你不离不弃的人吧，因为纵然满身疲惫，也还是甘之如饴。

每一个口是心非的嫌弃，都是如假包换的真情，其实你懂就够了。

愿所有的口是心非都有一个懂的人，愿所有走在一起的人都学会不离不弃。

爱一个人 37.2 度刚刚好

爱情有一段正确的距离，爱得太远容易疏远，爱得太近容易情尽。
爱情有一个正确的温度，太高容易沸腾，太低容易凝固。
别错把放任当成全，也别把占有当成爱。爱一个人37.2度刚刚好！

1

毕淑敏在《恰到好处的幸福》一文里写过这么两句话：

> 75度的酒精擦在皮肤上，可以破坏细胞的膜，药水可以渗透到内里，细菌可以被杀死；然而浓度过高比如80度、90度，或者100度的酒精擦上去，非但破坏不了，还会适得其反，为其砌起了一堵保护的墙，杀不死细菌。

才明白这个世界上有很多事情都讲究一个正确的值，值对了，一举两得，值错了，事倍功半；也明白了这世界上有很多的东西都不是越浓烈越好，需要恰到好处。

包括我们终其一生都在探讨的"爱情"两个字，也毫无例外地需要一个正确的值。

太淡了容易疏远，太近了容易情尽。

温度太高容易烫手跌落，温度太低容易凉到心肺凝固，而我们都曾年轻不懂，错把占有当成爱，错把放任当成全。

2

前不久朋友小艾失恋了，她一直弄不明白，自己那么深爱着的一个人，为什么会狠心离开她。

她和徐哥相处两年，真的是什么好吃的只会留给他吃，什么好看的都会记得给他买，什么好笑的事情第一个分享的人是他，而自己的伤心却躲起来自己舔舐。

两年了，自己的生活都围绕着这一个男人转，没有朋友，没有交际，没有爱好，全部因为他一个人喜怒哀乐。她觉得自己真的爱得很乖呀，也很浓烈。

就差掏心掏肺来证明了。

可是最后徐哥轻描淡写两句话就给结束了，挥挥手不带走一片云彩的潇洒。

提分手的是徐哥，爱他死去活来的是小艾，最后一无所有的还是小艾。

她几度崩溃生无可恋，可人家徐哥还是铁了心肠真真实实地结束了这段爱情。

临别时，徐哥有句话对小艾说，当时我们都在场。

他说："小艾啊，谢谢你这两年对我的照顾，但是我要的是爱人，不是保姆；还有我不需要你什么委屈都自己扛，我是你男朋友你应该要和我分享，不然我怎么知道你过得那么不开心；还有我不是你的天，你根本不需要牺牲自己来爱，你一天 24 小时对我的爱，我怕我给不了你相同爱的时候会恐惧，到时候万一我不如你意的时候，那爱该多沉重啊。"

3

所以徐哥和她分手，很干脆，甚至带着点逃亡的感觉。

留下小艾一个人怎么也想不明白究竟哪里出了问题，他一番义愤填膺的分手宣言，搞得自己爱他还是罪孽了。

后来很长的时间她都在回味过去，回味在那一份爱里她到底做错了什么。

我说，其实没有谁对谁错，只是爱也许有一个属于自己的正确值，如人饮水，太烫容易烫嘴，太凉容易渗牙而已。

小艾苦笑了一下，她说我蛮想念之前的样子的，那时候的爱情很舒服，没有压力，没有窒息。

往事如烟。

那是 2013 年春天的最后一天，小艾在当时贵阳回宁波的 K846 列车上和徐哥遇见，车窗外风景如画……

他的床铺在她的上面，下铺的时候一个眼神对上她，后来就彼此钟了情。

当时，话起，从旅行聊到爱好，从爱好聊到过去，从过去又聊到将来，有一种相见恨晚的感觉。

回来后没多久，徐哥就找到了小艾办公的地点。手捧一束牛皮纸包扎的鲜花，露出暖夏的笑脸。

和当时的油菜花一样开得特别明艳……

两个人在一起，各自有自己的事业，有自己的爱好，有自己的故事，有自己的空间，还有彼此的想念和关爱。

不强迫，不紧迫，不难受，不患得患失。

后来，徐哥成了小艾生命里唯一的重点。小艾没有了自己，没有了自己的世界，直到分手后终于发现自己已经一无所有。

当初为了证明她的爱，她断绝了与一切异性朋友的来往；为了证明她的爱，她所有心思都花在了徐哥身上。

结果活成了一个人的爱情。

4

因爱而患得患失，就是小艾那些年最好的写照。

现在她明白了"不要睡得太晚，不要爱得太满"这句话的意思，也明白了太过炽热的爱容易灰飞烟灭。

前不久登录好久不用的 BBS，看到几条私信，有几条赫然醒目地写着分手了怎么办？

那是一个未曾谋面的网上朋友，因为一篇小说关注的我。

他在私信里说："婉清，你说爱情是什么鬼，哪有小说写的那般甜美。我喜欢的一个女孩跑了，怎么办？"

问其怎么跑的。

他说他查她的微信聊天记录她抗议，他删除了她所有的异性朋友，她和他大吵了一架，晚上不允许7点后进门她不乐意，白天不允许她穿得很漂亮出去她还是不开心，可他觉得，这都是为了她的安全考虑。此外，有聚会都要和他报备，不批准的坚决不可以，这些她也不能接受。

我说，你这爱得太窒息啊。

他说，外面坏人多，我是为她好！

我听了吓出了一身的冷汗，这哪里是爱啊，简直就是囚禁。

我念念叨叨说，不跑的人是傻瓜。

当然这仅仅是一句感触，却也很深刻地反映了一些恋爱中确实存在着这样的问题。

你以为爱，就是一个人的占有，你以为爱就是浓烈到全部，你以为爱，就是放任到离开，你以为爱一个人100度才算是爱……

殊不知，爱是有自己的正确值的。

想起高中的时候听张信哲的《过火》，那句"怎么忍心怪你犯了错，是我给你自由过了火，如果你想飞，伤痛我背"，有一种淡淡的忧伤，总觉得爱一个人太放任了会是一种错。

后来长大，听到那英的《爱要有你才完美》，其中的"我却无力再挽回，长长的夜独自去面对，我不想听见你爱上了谁，爱只剩下一团灰，曾经燃烧得很美"留给我的还是一种淡淡的忧伤。觉得一份爱燃烧得太快，只剩下一团灰的时候，是那般苍凉。

那么爱究竟几度才适宜呢？我想是37.2度吧。

37.2度的爱不烫手，握在手中刚刚好；37.2度的爱不冰心，含在嘴里有温暖。

是那种一想起彼此就会微笑的温度，是那种过尽千帆终是你的欣喜。

不高不低，不远不近，缓缓的，甜甜的，有距离却很近。

嘴角微扬，抬头是你37.2度的微笑，心中落下，住进一份37.2度的爱情。愿我们在爱的路上彼此遇见37.2度的对方。

不要在朋友圈里丈量自己的幸福

1

微信自从自动升级成最新版本后我的手机就没有再正常过，一天总有那么几个时间段输入文字都成了问题。明明打开的是这个头像，屏幕说不好就给我点开了相近的人；明明打了一行字，扑腾归为零。

仿佛一下之间就拥有了为我联络谁的本领，还能主宰我聊天的频率，有时候会操作到哭笑不得。

就在前天晚上八点多的时候又出现了这个故障，不过这一次为我点开的是朋友徐薇的头像，我应该要感谢它。

前些日子还在感叹有两年没有她的消息，想起时心里有几分思念，想着她现在过得是否安好，却一直没有发过去信息，生怕打扰。因为离开的时候她说过，以后不想用微信也不想发朋友圈了。

因为她曾经在朋友圈里失去过自己，什么都要拿来比较，简直一天不如一天。

没想到微信这一次阴差阳错为我联系了徐薇。

下意识地打开徐薇的朋友圈，最新的更新还停留在两年前的夏天，没有变动，内容还是赫然写着：人生没有如果只有结果，幸福不能比较只能感悟，我后悔亦徒劳。

再无其他。

2

写那句话的时候她正在经历一场痛苦，要离开一个相爱了7年的男人，要离开一个打理了5年的家，还有一个可爱的孩子。

而这一切都因为她对幸福产生了不确定，都因为她对幸福做了无谓的比较，导致心里失去平衡，最后引发一次次的争吵，直到另一个女人代替了她的幸福。

想起往事，我心里咯噔了一下，但是我还是发了一条信息过去。

徐薇，两年了，你还好吗？好久不联系不知道你是不是还用这个微信，是不是过得安好。

没想到对方很快有了回应，屏幕里一直显示正在输入……

百感交集。

过了几分钟，我就收到了徐薇的回信。她说：婉清，两年了，我现在过得还好，想明白了很多事情，虽然偶尔还会难受。你呢？

我，我也还好……

听她说这些的时候我鼻子一酸，又说：都过去了，想明白了就好了，一定会好的。

徐薇和我道歉地说：对不起啊婉清，之前一直像个刺猬一样，谁劝也不理。都怪我自己，当时太爱在朋友圈里丈量幸福，觉得哪里都不如别人。

生活不如别人过得好，老公没有别人家的好，孩子没有别人家的聪明，所有的一切丈量幸福的结果就是自讨苦吃。

那时想不明白，才会失去拥有过的真正幸福。

后来我们通了电话，把那一年没说的事情说开了。想起往事不免都还心痛……

3

我和徐薇相识于十年前，算是比较早也比较好的一个朋友，参与过彼此的人生很多重要的时刻，比如结婚、生孩子等。

不是闺蜜但也不亚于闺蜜的交情，无话不谈。

如果不是两年前她的婚姻突变，我们现在应该都不需要隔着南北用着微信道安好。

那一年她闪离去北方，带着伤痛，来不及告别，我也来不及问个究竟。

后来很长一段时间我失去了徐薇的消息，也许她只想躲在北方的纷飞大雪里疗伤。

我只是不明白，她和她先生相爱7年，家庭经济基础殷实，夫妻和睦，有一个可爱的孩子，也不存在婆媳问题，还有一个自己的公司，这样的家庭怎么说离就离了。

确实让人很可惜。

直到那一天我们聊完两个小时，听徐薇娓娓道来，才明白所有的原委。

当然徐薇承认是她自己亲手毁了幸福，给了别人一个有机可乘的机会。

4

徐薇和她先生是大学同学，后又自由恋爱，两年后结婚，不久有了一个可爱的孩子。两人共同经营着家庭，走过了5年的美好婚姻生活。

她的先生从事外贸行业，有自己的公司，是一个潜力十足的有为男人。

徐薇自己是一个美丽的女人，当时在企业做管理，后来有了孩子后就做起了全职太太，相夫教子曾是她感到最幸福的事情。

我们几个朋友都非常清楚他们的婚姻状况，如果不是出现了闪离，真的都可以成为好家庭典范了。

徐薇说，全职后的生活很枯燥，平常都用看剧和刷朋友圈来打发时间，也没什么爱好。

她的性情也是在刷朋友圈后发生了很大的变化。可能是在家待久了，可能是和外界少了接触，可能是她的先生有段时间太忙碌了经常走南闯北，她感到了不安。

关键是明明自己拥有幸福，但是却越来越要得多，越来越感到自己离幸福太遥远。

5

每当看到朋友圈里那些五彩缤纷的生活，她就开始厌烦自己的生活死水一潭；每当看见别人的老公带自己的老婆天涯海角地旅行，她就觉得自己像一只笼中鸟失去了自由的天空。她觉得别人的人生才是人生，别人的幸福才是幸福，而这一切曾经也是她要的幸福的模样。

忽然记起有段时间徐薇常截屏给我看。

婉清，你看 S 又去了欧洲，站在法国埃菲尔铁塔下的她简直像女神一般，你看看我，现在空有一副皮囊。

婉清，你看 Y 的老公买了超大一束花给 Y。多漂亮啊，连包装盒子都是精心设计过的，真是幸福啊！我都好久没有收到他的花了。结婚后大概掉价了吧。

婉清，你看那个人的那条海洋之心，蓝色的挂坠多有味道……

对，不知从何时起，她的眼里别人都是幸福的，自己就是不幸福的；不知从何时起，朋友圈成了她来衡量幸福的标准，丈量着自己和别人的差距。

直到后来这样的日子越来越多。一开始她的先生总是赔着笑脸，道歉安抚，总是问她出了什么事情，后来反反复复，就变味了。

争吵了两年，失落了两年，直到有一天她走在路上，看见一个年轻的姑娘挽着她先生的手，招摇过街，才明白自己失去了他。

那时徐薇歇斯底里地问过：为什么？你承诺给我的幸福呢？

她的先生说：幸福一直在你身边，是你觉得不够，是你觉得朋友圈里的每一个人都比我优秀比你幸福。我很累了……

6

后来徐薇跑去了北方，回到了他们曾经一起就读大学的城市。

记忆中她是一个很要强的女人，不会轻易表露伤痛给别人看到，也不会让别人窥见她内心的沧桑。记忆中她也不爱过什么节日纪念日，然而最后却和这些都有关。

这一次她说：婉清，你在写字，你可以写我的故事，告诉别人不要像我一样去攀比幸福，在朋友圈里丈量自己的人生其实是最大的不幸。

那一瞬间，卸下盔甲后的她，柔软地说起那段过往，不再那么悲伤。

毕竟能够说出来的伤痛大概已经痊愈大半了吧。

是啊，我们常常去仰望别人的幸福，其实幸福一直在自己的心里住着，你却浑然不知。

我们常常习惯了去比较，却不知道幸福根本没有一个可以衡量完美的标准。

互联网的时代，一个朋友圈就是一个世界，五花八门，百花齐放，如果你一不小心着迷其中，还深陷幸福的比较中的话，会变得很累。

卞之琳在《断章》里写道：你站在桥上看风景，看风景的人在楼上看你；明月装饰了你的窗子，你装饰了别人的梦。

其实每一个人都有自己的幸福。就像托尔斯泰曾说，有生活的时候就是幸福。那么你根本也不用在别人的地方丈量你和它的距离。

能够拥抱生活本身就是最大的幸福。

心的归属是家

为你点起一盏灯，照亮在每一条你回家的路上，不论千山万水，相隔多远，我希望我们的心都有一个归属，那就是家。

1

我一直觉得人的"本能"是一个非常玄妙的事情。

就像初来人世，还未张开双眼，就会本能地懂得如何吮吸母亲的乳汁，会在某一个瞬间突然就牵动起嘴角微笑，会在咿呀学语时"嚯"地喊出第一声爸爸或者妈妈……

我想这或许就是天性，就像我们天性会喜欢美好的东西，会亲近频率相同的人，会对过去念念不忘，会流眼泪，会感动，会喜欢亮光，会在黑夜时突然想起要回家……

这或许更应该是一种叫作"归属"的东西在冥冥之中牵引吧。

就像星星一定终是归属黑夜，太阳归属白天，你归属爱的人，而每一颗心的归属一定会是家。

记得小时候，去亲戚家做客，白天还欢天喜地的，觉得可以看电视，自由自在地玩耍，没有约束，不用帮母亲做事情，那种感觉好美妙。

可是夜幕降临的时候，感觉变味了，望着黑漆漆的夜，突然心中会升腾起一股苍凉无安的感受，使得自己玩什么、做什么都失去了兴致，唯有一心只想回家去，任谁也阻挡不了。

那时就忽然明白了家是有魔力的，是你无论在哪里都会想起和难忘的地方，心会被它牵引，会不由自主地要归属。

2

记得每一次去旅行，想去看看世界的不同模样，想去远方体验下生活，或者说想要暂时逃避下一成不变的模样，带着无比向往喜悦的心情，带走满满的行李去远方。

刚去的日子海阔天空，新奇神秘，对远方的每一寸土地，每一棵树木，每一幢房子，每一个路人都充满好奇。

但是有一天走着走着就发现，景色变得匆匆起来，心情也没有当初那样愉悦、有趣，再没有怦然心动。

反倒是一心想起饭也是自己家乡的好吃，人也是家乡的亲切，床也是家里的那个最温暖。

这时候你又迫不及待地想要回家。

所谓金窝银窝不如自家草窝起来……

我想这就是我们骨子里述说不清的原始依恋，述说不清的柔软和疼惜。

3

曾经在一本书里看到，在澳大利亚的菲利普岛上有一个企鹅公园，每一年都会有大量的旅客登岛前往，去观看小企鹅回巢时的模样。

据说那里的企鹅可爱又爱家。

每一天早上离开家出去玩耍捕鱼，晚上7点准时上岸回家，天天如此。

孵化期间，企鹅妈妈如果在家孵蛋，企鹅爸爸晚上回巢时会把捕来的小鱼带回来给她吃。

那里的企鹅也被称为世界上"最爱家"的动物。

还有燕子也会留恋自己的老巢，每一年归来时，先到去年筑巢的人家，看看家是否依然安好，再为其啄泥衔草完善，周而复始生儿育女。

蚂蚁有洞穴，蜜蜂要回家，狗狗守黑夜，星星会沉睡……

才明白所有的心都是相似的，无所谓动物和人类，都有归属。

4

身边有几个朋友在国外做生意，每逢节日的时候，必然会手发一些祝福来问候，顺便说说思乡的苦。

说不是当时一心想脱离现状，想要狠心去打拼一番，也不会背井离乡，在陌生的土地上讨生活。

或许在国外什么都还好吧，吃得也不错，住得也宽敞，事业也稳定，可是这心里啊总是缺少了点什么，像浮萍在水面，没有根的牵连；像风筝在高空，不知道何时回到起点。

或许归根到底就是想家吧。

所以和老朋友聊几句，权当抚慰思念的心。

我常常说他们这是"每逢佳节倍思乡了"。

他们说：对啊，人在异国，根在家啊。我想那是归属。

想起纳兰性德的《长相思·一山一程》：

> 山一程，水一程，身向榆关那畔行，夜深千帐灯。
>
> 风一更，雪一更，聒碎乡心梦不成，故园无此声。

这种归属是千山万水、远隔重洋也抵挡不了的心神向往，向往回家。

前几年因为工作的关系，我常常去出差，天南地北地跑，开会、商谈、做事情很是忙碌，但是内心却很孤独，这孤独也不是无人陪伴，而是心有所念。

郑源有首歌，歌中唱道：不是因为寂寞而想你，而是因为想你而寂寞。

大概那时就是如此感觉。

每一个人的心里都会有一处地方特别柔软，那就是面对自己爱的人和爱的家的时候。

不论是身兼要职、富可敌国，还是平平凡凡、简简单单；不论你是冷漠的人还是温暖的人，也不论你会在哪里，我都知道，总有某一瞬间你也会柔软，会执念，会突然地想家，一定是这样吧。

5

晚回家的时候，总会有一盏灯在黑暗里亮着。每当抬头看见窗户里那透露出来的橘黄色的光亮，就会倍感亲切。

我知道有一个人在等我，有一个人知道我怕黑，有一个人知道点起灯，盼我回归……

是我无论在哪里，无论多晚的时候都能安心地踏进那个小屋，再脱去鞋子放下包包，听着熟睡之人鼾声的那刻起，再也没有比这里更真实美好的地方。

作家三毛曾说：心若没有栖息的地方，到哪里都会是流浪，那么如果心有归属，一定是在哪里都会有一种安然笃定的感觉的。

你一定会踏实，会无忧无虑，会放下疲惫会摒弃烦恼，会睡得安稳。

无论是在外求学的学子，还是在外拼搏奋斗的企业家，抑或是在异乡求生的朋友，也无论你此刻远隔重洋，千山万水，抑或近在咫尺。

我知道在天空的某一个地方，在城市的某一个角落，在乡野的某一寸土地上，在黑夜的万家灯火里，总有一盏灯是为你而点，总有一个人为你而想，总有一个家为你而等待。

总有天涯的天涯是吾心之向往，总有今天的今天要回家……

亲爱的女孩，不要怀疑自己的幸福

　　在大理的时候，去了心念的洱海。为了体验洱海的文艺，特意租了一间颇像月亮宫的民宿。和我同一幢楼层里住着的还有一个姑娘，她叫青燕。

　　傍晚的时候我们不约而同地来到公共露台，想要看夕阳晕染洱海。当时我和她仅隔一把沙发，相视而笑。

　　民宿老板给我们做互相介绍的时候，我得知她来自杭州，她得知我来自宁波，两人同时睁大眼睛欢呼雀跃。在海拔1980米左右的洱海，两个来自相邻城市的女人仿佛注定要在这里成为朋友。

　　那一晚我们就一直待在露台上、沙发上，或者方形长条的原木桌上，还有靠在临海的钢化玻璃护栏上，看看远处的山海一色，谈谈近处的欢喜人生。几瓶"风花雪月"牌啤酒，一肚子女人的小心事，在漫漫长夜里，凝结成彼此的友情。

　　听说来大理的朋友，每一个人心中都藏着一个故事，也听说每一个离开大理的朋友会带走一个故事。

　　那么青燕是带着故事而来的，而我则带着青燕的故事离开。

　　聊起怎么想到来洱海，青燕动作迅速地伸出食指放在唇上"嘘"

了一声，挪挪身子靠近我，风轻云淡地说："失恋了，来疗伤！"

原来除了爱情在洱海边外，这里还有另一种作用叫"为爱疗伤"。

递给青燕一包话梅，盘腿坐于沙发上，吹着洱海的晚风，听青燕讲她的故事……

青燕开口就说，她对爱彻底绝望了，生无可恋的心思都有。反复想来觉得这些年自己过得挺不幸福的，还悲观地认为未来可能也不会幸福了。

她说：你知道吗？几次去到西湖的断桥上，我走着走着就会失声痛哭，发现自己好难受好窝囊，被抛弃了，还生不出恨意来。

原来她用尽力气去爱的那个男人劈腿了，还瞒了她一年多，稳稳地脚踏两条船。

那个男人要娶另外一个女人的时候她被通知分手，直到那一刻她才恍然大悟。

她苦笑着问我是不是很可笑或者很可怜？

我拍拍自己的右肩，表示可以让她靠。

如果不是青燕，这样的故事或许生活中随处都在上演，并不奇怪。但是在大理的相遇里听青燕忍着泪水述说的时候，忽然觉得挺苍凉的，那是一种无法呼吸的心凉。

青燕苦笑了一下说："知道那个渣男劈腿的女人是谁吗？"

我摇摇头说："不知道！"其实心里有感。

"是我一个多年的朋友。"

我转身背对她狠狠地说："真过分！"

"那又怎样呢？她是我多年的朋友，却也免不了背弃于我，而那个自己深爱的男人更是无耻到隐瞒了我一年多。"

"曾经的爱融合了太多的誓言，所谓永远只是弹指一瞬间的永远，而幸福更是过眼云烟般短暂，他伤害的不止是我的心，更是我对幸福的怀疑。"

三年的感情，倾尽了所有的心血，谈不上卑微地低到尘埃里去，但至少也爱他胜过生命，而曾经的爱情宣言，在最后破裂的时候变得那么残酷狰狞。这不是青燕想看到的，但是却残酷地在她身上发生着，刺痛着她的心脏。

很长一段时间她形同行尸走肉，没有一点儿知觉，没有一点儿痛楚，甚至不会哭泣。她把自己整天关在屋里，三餐不食，惩罚自己的愚昧。这样的日子长达三个多月，直到想到来大理。

"我是不是很不幸？是不是很可笑？"她淡淡地问着，边喝着酒。

我揉着她的肩膀说："没有，真的没有。不会的！"

人的一生总要经历各种疼痛，才会让自己蜕变得更为成熟。有些人、有些伤害本就是来度自己变得更好的。也许没有他，没有那些痛，怎么会知道有一天另外一个人的好呢？

只是现在青燕的心里，觉得曾经以为的幸福之后再也不能奢侈地收获。

原来，看起来外表阳光、笑容甜美的青燕竟然带着这样一个忧伤的故事，我不禁感到心痛。在洱海的夜色里，陪着她讲述，或许这样她会好一些，或许疗伤的最好方式就是找一个人倾述过往，然后随风飘远……

但凡能够不哭着说出来的痛楚，都应该好了大半。

她和我肩并肩，小心地隐藏悲伤，让我不必担心她。

但是她的眸子里流露的还是无尽的忧伤，逃不过同为女人的眼睛。虽然大理风花雪月的土地确实适合疗伤，但是有些痛又怎能三下两下地痊愈。

原来失恋是种毒，会带来剧痛，能够让一个人对爱失去了最原本的希冀，连自己的幸福都卑微得不敢相信。

可是大理治愈不了你的伤，有一天你自己却可以。或许就像一场重感冒，你越在意，它就越猖狂，你不想理它了，它忽然就悄悄地痊愈了。

但是我还是想要对身边的青燕坚定地说："亲爱的女孩，请别怀疑自己的幸福！"

真的，别怀疑自己的幸福。爱情不是生活的全部，失恋也不会是最终的归属。人的一生会遇见很多人，也会失去很多人。有些人注定是来教会你一些东西的，有些人也注定被你教会。缘聚则来，缘散则去，唯有爱的时候我真的爱过你就好！

就像那个你爱过又失去的人一定也会让你明白，爱一个错的人根本就是一件不值得的事情。

这个世界上在感情的万千河流里受过伤害的人太多太多了，后知后觉的人也太多太多了。

不是天生愚昧，也不是不够幸福去拥有，而是错的人终究无法走到最后。你只是深深地爱过而已，陪同过一程，最后我们都需要学会去放下，去满怀希望地等待对的人。

总会在时间的无涯里相遇，总会在最好的你的时候与他牵手。

不能因为错爱一个人而失去对爱情的希望，也不能因为一次不幸就怀疑自己人生全部的幸福，那才是最大的错误和不幸。

"青燕，你那么好，一定可以幸福的！"

"被人用这种方式抛弃过的人，还能拥有吗？"

"对的人哪有那么轻易出现在身边，幸福也需要经历过磨难啊！"

"就像唐僧取经？我真的还能去相信爱情？"

"一定会取得真经的。亲爱的，别怀疑自己的幸福，你真的值得拥有！"

夜深了，眼前的洱海也沉睡了，晚风还在耳边吹着，露台上就剩我和她。青燕醉眼蒙眬地起身，回头一看，满地的"风花雪月"，她醉了。

明天的太阳会在洱海最美的天际升起，我搀扶着青燕说："醒来后一定是一个蓝天白云的洱海和你。"

赫云有首歌这么唱：

谁的头顶上没有灰尘
谁的肩上没有过齿痕
也许爱情就在洱海边等着
也许故事正在发生着

你怎么可以轻言不幸福呢？它在明天的路上滋长，在我们的心里住下。愿我们都是幸福的人。

喜欢是欣赏，爱是执着

有一次在北京公司参会，有同事翻出我之前在普吉岛旅行时随意踏浪的一张照片。

当时碧海蓝天，白沙游艇，我一身粉色裙装，被海风吹乱的长发，随处飘扬的裙摆，那画面她说真的很美。

继而问我：你是不是很喜欢大海？

我毫不犹豫地说：我很喜欢。

那你喜欢什么样的大海？

我喜欢那种海水湛蓝，犹如天空之色的大海。

那你最爱哪一片海域或者哪个海岛？

我毫不犹豫地说：我喜欢我家门前的那片海域，我喜欢我家海域里那个方圆不足300平方米的海岛。

朋友很是不解，她说：你上一分钟还喜欢那种碧海，下一分钟又为什么会爱浑浊不清泥泞不堪的滩涂海域？

是的，我就是爱那一片退潮时滩涂茫茫的海域，因为很多时候喜欢可能是一种欣赏，而爱是一种执着。

我可以喜欢各种各样的海水，可以去流浪各色各样的海岛，并不是我喜新厌旧，而是带着人性渴望美好的欣赏，仅此而已。

但是我爱的永远是最初走入我心里的那片海，我爱的也永远是最初打动我，而我也用最纯真的心去相伴过的那个海岛。

这是无论多久都改变不了的执着，岁月变迁都不会淡漠内心的烙印。

因为家门前的那片海有我所有的童年记忆，有我曾经最天真烂漫的过往。它见证了我的喜怒哀乐，见证了我的成长，见证了我的年少岁月。

所以就算它浑浊不清，就算它泥泞磨人，即便曾经还差点让我失去生命，或者说现今它早已经被填海搞经济发展，可是我就是爱它。

或许这就是平常里我们谈得最多的喜欢和爱的区别，是情人眼里的西施，是最初也是最后的爱。

无论过去十年、二十年、三十年，无论怎么沧海变桑田，还是那片海早已经对我记忆模糊，于我还是最难以忘怀，即便分开，也是感谢。

如同第一次牵过的手，第一次爱过的人一般。

这让我想起了爱情。原来我们一生中有一种爱，即便遥远也灿若星辰，即便难求也依然执着。也许这一生中你会喜欢各种各样的人，欣赏各式各样的优秀，但是内心深处你真正会不顾一切去爱的人也许一辈子只有一个，只有一颗星星能够燃烧你的星空。

那种爱，和物质无关，和贵贱也无关。

可能你家境优越，会不管不顾地去爱上一个穷得叮当响的人；可能你要风要雨的顺利，却甘愿委身于一个人艰苦讨生活。

曾经记得有一个姐姐，当时在村里也是出了名的优越。论家境，是当时村里响当当的先致富起来的那部分人，豪宅、轿车，外加经营一家规模可观的企业。

论学业，当我们还在仰望大学的那扇门时，她早就研究生毕业。

论样貌，她皮肤白皙，身材修长，又有一张现在说来网红的脸。

当时提亲的人踏破了门槛，众人都认为她会选一个门当户对的人或者和她自身相登对的爱人来结婚。

最后让大家大跌眼镜的是，这位姐姐选择了同村的一个做技工的小伙子。

当时父母极力反对，她却坚决捍卫自己的爱情。

后来大家都知道，她选择他是因为那个男生曾是她 17 岁时喜爱过的男生，也是青春年华里，彼此付出过最真情谊的人。

爱是心灵的相契，是忠于灵魂的行为。她读过高校，见过有头有脸的人，欣赏过在事业上百折不挠的精神，赞叹过才学显赫、鹤立鸡群的男人。

然而她唯独忘不了的却是 17 岁时就已经动心的爱情。

也许那个人就像我家门前的海一样，既不那么美丽又难以博人眼球，但是也一定朴素、温馨，最值得她爱。

记得《何以笙箫默》热播的时候，有一次一群女生在讨论，为什么赵默笙和何以琛相隔 7 年还能走在一起。在 7 个月都会物是人非的如今，他们却能在 7 年后，在赵默笙已嫁作人妇后，还会有电石火花般的触动，还能依然坚定不移愿意冲破种种阻力走在一起。

因为赵默笙和何以琛 7 年前纯纯地爱过，那种经历是之后谁也无法替代的，那种刻骨铭心是今后谁也再难触动的，即便分开也是感谢的执着。

电视剧《最好的我们》再一次读出了这种坚定。

即便是路星河用了 56 次求婚，即便是路星河感动了我们不相干的人一大片，然而和耿耿却是无关，依然无法触动耿耿内心的那根弦。

在耿耿的心里路星河只能是一个很好的朋友，一个很优秀的很谈得来的身边朋友。也许会喜欢，会欣赏，会感谢，但是却不是心中挚爱。

耿耿余淮是注定，却没有耿耿星河。后来最好的我们之间隔着一整个青春，我们爱的一定还是最初的那一份心动和陪伴。

现在家门前的海域被大面积地填海造了经济开发区，但是每一次回去，我都会从沿海公路绕一下。

我还能看见那个缩小了更多面积的海岛，我还能看见那些依然长得健康的海草，以及风吹来时那几支芦苇的飘荡……

未来我可能还会喜欢各种湛蓝的海水，但是却依然情归那片海域。

五月是蔷薇的佳期

送别多雨的四月，迎来满目初夏的氤氲，就连耳边的风都变得曼妙起来。山间小溪旁，不知何时开满了野蔷薇，一簇簇一团团甚是好看。那些粉的、红的、白的，一朵朵仪态万千地舒展着身体在阳光无比宠溺的抚摩下散发着这个季节独有的魅力。远处人家低矮的竹篱笆墙上探出几簇调皮的花絮，远远望去像织锦上巧手的姑娘绣上的精品。一阵风吹到花叶上，满枝摇曳起来，几片花瓣散落在泥土上，路过的蚂蚁正好举在头顶遮住那一缕阳光，蔷薇花瓣就这样成了蚂蚁的伞。

原来五月是蔷薇盛开的佳期。

而每一朵花都有属于它的佳期，都会在适合自己的季节里迎来怒放的生命。兰花会耐心地等来二月丝雨绵绵，安静地幽香于山野空谷间；桃花情有独钟于三月的初阳，总在某一个带着雨露的清晨突然就开放了；恬静的丁香守候着四月晚春的风起，不急不促地将花香晕染在青青校园或者农家小院里。

可是蔷薇愿意开在五月，开在风和日丽的时光里，开在不冷不热的晨光中，怒放于山野、林荫道旁、篱笆墙内，然后悄悄开进你的眼球、心间、梦里。

在世人驻足惊艳的眼神里告诉你属于蔷薇的花语。

其实很多时候不是不懂得去盛开，也不是注定只能看着别的花盛开，而是属于你的花期还未来。

然而开放必然选择在最好的时候，把最好的状态呈现在世人面前。

蔷薇如此，人如花，亦如此。

每一个人都有属于自己的佳期，都会在合适的时光里活出最精彩的自己。佳期在未来的路上静静等你，你慢慢来，丰盈好最棒的自己。阳光一照，时机到来时，你定能开出你的色彩你的美丽。

蔷薇不羡慕开在春风里的桃花，也不羡慕香在十月的金桂，更不攀比芍药的浓艳，也不妒忌牡丹的雍容，因为它知道每一朵蔷薇都是世界上独一无二的花蕾，都会开出最美的姿态。

佳期未到时吸足养分、晒足阳光，努力欣赏身边的，留足耐心，收拾好自己。佳期来临时就请铆足了劲怒放吧。

每一个人一定会在属于自己的佳期里开出最好的自己。

很多时候我们都会在极速运转的世界里慌了脚步，看着身边一个个比自己成功优秀的人再看看仿佛一无是处的自己而迷茫。

很多时候我们在静静的夜里想着什么时候也能够光彩夺目、出人头地一回。

其实，你不要着急，因为你只要记得你是这个世界上独一无二的你，慢慢来，一定有你开放的佳期。

轻柔的风带着蔷薇的花香飘洒在五月的人来人往中，而我们穿梭在都市的车水马龙里，铆足了劲要在钢筋水泥的丛林里等候佳期，开一季红色的蔷薇。

一个人最难得的是设身处地的善意

1

昨天晚饭的时候，好友小美在微信里发来一段话，说她妈妈最近真是奇了葩，竟然去医院照顾那个曾经想把她按在地上掐死的女人。这就算了，现在居然还要把她多年省吃俭用存下来准备养老用的钱拿出来去替那女人垫付巨额医药费。

我问那女人怎么啦？

小美说：前几天去山上采野生猕猴桃的时候从高处摔下来，当场就昏迷了。

据说是颅内出血，需要手术。本来家里就她和她女儿两个人，几年前她女儿去了外地工作，很少回家，出了那么大事情，听说也没联系上。

那她其他亲人呢？

早就被她得罪光了。

那么现在是阿姨在照顾她并先垫付了医药费？

小美说：是呢，毛十万啊，不是小数目，要是借给关系好的朋友也就算了，起码相亲相爱友善过，现在要给的人是那个曾经视我们全家为眼中钉肉中刺的女人啦。那些年不知道受过她多少欺凌羞辱，想想都不是滋味。

反正我们全家人都觉得我妈妈这一次不是中邪了就是脑袋被门夹过了，才会如此愚钝不够清醒，固执得像头牛一样任谁劝也不听。

以前还叫我们不要和人家来往，无论活成什么样，无论对方遭遇什么，都叫我们争口气不要理，现在倒好，自己就不听劝了。

你知道吗？为了这个女人我哥哥嫂嫂都已经和我妈妈闹矛盾了，我和我爸夹在中间现在都不好说话。

要不你帮我去劝劝吧，劝不成好歹也听听她什么意思，现在对我们的指责她根本不解释的。

我想了想说好的，于是今天一早我就准备好了替小美问问。

2

其实小美说的那个女人我知道，不是别人，正是她家几十年的邻居。自打我认识小美后，就没少听说关于她家和她邻居家的恩怨情仇。

现在出了这个意外，也是挺让人担忧的。

上班的路上我给阿姨打了个电话，她早早就在了医院。

阿姨，听说你那个邻居出了一点意外,现在是你一直在照顾她吗？

阿姨说：还有别人，轮着来照顾的。对了，你是不是替小美来说服我的？如果是，就算了，阿姨这一次有自己想法。

我说不不，我只是想问问阿姨心里是怎么想的，毕竟她曾伤害过你。你现在却还能守在一旁不离不弃，还能如此慷慨解囊相助，一定有自己的理由。

阿姨说：其实我也挺不想去照顾一个曾经对我百般折磨的女人的，那时候恨不得和她同归于尽。你也听我说过的，不怕你笑话，我也曾经要求我的孩子们都不要和她们走在一起，说实话，过去的那些年我真的挺恨她的，后来没那么恨了的时候，我也没想过会原谅她。

那现在？

但是现在她出了这样的事情，她的丈夫又离开得早，她唯一的亲人她的女儿也联系不上，你说能怎么办？一个人怪可怜的，采猕猴桃也是为了赚一些钱，这些年其实她过得也挺辛苦的。

再说住在一起也几十年了，虽然曾经也不想她好过，但是真正她不好的时候，难道还真的见死不救了？毕竟是一条弄里住着的人，说起来还有几分亲和故，也不能眼睁睁看着她就这样走了吧？

何况虽然她那些亲戚不走动了，但是也已经在筹钱想办法了。我只是先搭把手，能帮帮一点，后续她亲戚已经承担去了，跟小美说放心，先垫付的钱没几天就还上了。

3

听到这里，其实我早就明白了阿姨为什么这样做。她已经原谅了那个曾经伤害她的人了。一个人最难得的是设身处地的善意，而她现在做的事情无非也是最本能的心意。

就如她说的，她也恨过，也不想她好过，但是真正遇到那个伤害你的人过得不好的时候，其实你根本不快乐，反而会觉得不安心，想要去帮助。

或许这才是人类原始的本性，人之初性本善吧。

记得从前看古龙的《萧十一郎》，喜欢里面的风四娘那句"骑最快的马，爬最高的山，吃最辣的菜，喝最烈的酒"的狠烈，后来独独喜欢"她叫别人不要难过，可她自己的眼圈都已红了"那狠烈之后的温情同感心，大概也是因为一个人有了善意后才会变得更加柔软吧。

这种善意可以对亲人、对爱人、对朋友、对陌生的人，也不排除对那些曾经伤害过你的人。

或许也正是因为有了那些善意，才让我们的心灵更加与众不同，更加经历得起风雨，更加承载得起岁月的倾轧。

后来我将这些告诉小美的时候，她和她哥哥也在医院。她说，电话里妈妈都说清楚了。

其实我们也只是说说我妈妈而已，难道还不支持她做善事啊。昨天打完电话就想明白了，冤家宜解不宜结，过去忘不了，伤痛也挽回不了。既然老妈都释怀了，我们还执念什么？何况人家亲人也在想办法还我们的钱。我相信等她醒来后，这个世界都应该是光明的吧。

是呀，当一个人、一群人开始被善意包围的时候，周遭散发出来的能量是无穷尽的。

当我们开始设身处地为别人着想的时候，我们其实也正在被别人关爱着。爱是循环的，善良亦然。

我相信那个小美的邻居一定会早日康复，当她再一次睁开双眼的时候，那都是满满的善意和爱。

三十几岁，
更要诗意地和生活谈一场恋爱

1

前几天在看书的时候看到德国著名诗人荷尔德林的一句话："人如何诗意地栖居在大地上？"

说实话，从前的我并没有很深地考虑过这个问题。

那时二十几岁，不知道如何规划自己的人生，每一天信奉"顺其自然"，更别提诗意两字。

而住所也飘忽不定，东租西拼，谈不上安定下来。

实际上也就是得过且过，没有新意，习惯着习惯而活。

那时候有大把的时间，却都挥霍在极其无聊平庸的事情上。

每一天都重复着相同，上班、下班、回家、追剧，以为这样的生活就是自己想要的安逸，却一不小心过成了一天仿佛可以看到一辈子的景象来。

在每一个夜深人静的时候也偶尔会叹息，这样的生活过得是不是有些枯燥乏味？但还是身不由己般地推脱给光阴。

想想"诗意"的感觉如同昙花一现，瞬息寂灭，更别提想过和生活去谈一场恋爱了。

第二天醒来，依然是重复着昨天的那个自己。

2

总以为这种固若金汤的生活状态会是我原本的平凡模样，诗和远方对那时候的我来说是件特别奢侈和不可及的事情。

直到时间慢慢地从指缝间悄悄溜走，某一天蓦然发现，从前都是白过了。

而三十几岁的自己突然明白生活应该还可以有另外一种模样，就像荷尔德林说的"可以诗意地栖居"。

于是我从三十岁左右的年纪开始，顿悟过来，开始用心地去生活。不再按部就班，随波逐流。

是真的花心思地在过好每一天，变着法儿地调剂生活，让原本枯燥无味、平凡琐碎的生活风生水起般有趣有意义。

那样的一天又一天充满了用心后的愉悦，再无一成不变一眼望穿的焦虑感。

有很多朋友曾经问我：二十几岁时都没过出来的诗意栖居，三十几岁后的我们还需要折腾吗？哪有时间重新来过？结婚、生子、工作，随便一样拎出来就让你过得够呛，哪来的情怀去诗意？

曾经也有朋友跟我说过她就住一屁股大的住房，公婆孩子都挤在一块，她想诗意也没有这个条件和心情啊。

更有一些朋友一直在埋怨说日子过得是何其鸡毛，每一天除了伺候一家老小，就是看剧看剧看剧，吃饭吃饭吃饭，要不就是睡觉睡觉睡觉。生活像一潭死水，心里更似一潭死水。

其实正因为二十几岁的我们错过了很多，没弄明白可以如何生活，三十几岁的我们才更加需要重新来过。

其实正是因为生活一地鸡毛琐碎繁杂，我们更应该学会调剂自己，在有限的空间和时间里给自己找一个释放灵魂的机会。

其实正是因为再不改变就会固定成一潭死水，三十几岁的我们才要努力扭转局面，把日子过成诗意。

3

如何诗意栖居？如何和生活谈一场恋爱？

如何在我们三十几岁的年华里努力成为我们想要的自己？

这大概就是现在的我们需要开始探索和修炼的事情。

我们曾经青春，挥霍中不知时光匆匆；现在我们未曾老去，更应该为美好的生活绞尽脑汁地用心。

我们刚刚好经历了一些故事又刚刚好可以选择开始打理自己的人生，为何不选择诗意的栖居呢？

让将来的自己不再像惋惜二十几岁的自己那样惋惜。

婚姻、生活、孩子、事业，这些都将成为我们真正想要过诗意栖居生活的关键基础。

而诗意不一定在远方，不一定要有诗，更不需要你不食人间烟火来调制。

也不一定需要多豪华的住所，也不一定非要大张旗鼓，更不是刻意的光鲜亮丽。

而是在琐碎的日常、平凡的岁月里跳动着我们那一颗不急不缓、从容淡定的心；

是我们在小小的一方住处里将灵魂安定下来，就像三毛说的一样：心若有栖息的地方，到哪里都不会是流浪。

我们可以把并不豪华的家打理成温馨有爱的模样，要窗明几净，要井井有条。

我们可以在窗台放几株盆栽，没事的时候看看它们成长的模样，像看看自己的青春和不衰老的心。

我们还可以用上喜欢的窗帘，种几棵玫瑰花。在节日到来的时候，为自己剪下一株放在茶几上，忙碌后闻闻它的气味，就像为自己抹一层馨香。

我们可以陪着孩子看看绘画本，给他（她）讲讲从前的故事和书本里五彩缤纷的世界；也可以煮一壶茶一个人静静地翻阅一本书，守候岁月静好！

三十几岁，固定地给自己做一些健身，约定一些伙伴经常去爬爬山、跑跑步，努力保持一个好的体型、一份好的心情。

也可以去去菜场，挑挑好菜，回来精心地做一桌美味可口的菜肴，和家人享受亲情时光的快乐。

我们还可以用看剧的时间有效地做一些学习，不忘给自己充充电，为了在职场里做那个依然所向披靡的自己。

4

我常常说，"假装去远方旅行"只是不愿错过每一个可以营造的好心情，去感悟每一寸晨曦的微光，去沐浴每一寸落日的金黄。

将青青的草地想象成广袤的原野，将每一条河流想象成梦想的支流，有大海有希望！

所以三十几岁，并不晚，我们刚刚好来得及去实现，去开始。

生活怎么过和恋爱怎么谈是一样的。

爱不爱一个人看你是否在这一场爱情里走了心，走了心的爱情，千山万水，都想爱。

不走心的爱情，近在咫尺都是天涯。

和生活谈恋爱亦如此！

诗意栖居，和生活谈好恋爱，我们都在修炼中……

爱一个人，没有备胎不玩暧昧

人们都说这个世界要为自己留足余地，要为爱情备足备胎，要在暧昧不清的世界里寻求真心，要在混沌不明的麻痹里寻求抚慰。

仿佛只有被一群人围着崇拜着，才能找到自己的存在；仿佛只有被一群人点赞关心，才不至于害怕漫漫长夜孤独袭来。

无数的白天和黑夜，你一直在问一个问题：真爱真的难求吗？

无数的瞬间和当下，你又一直在周旋不定。你给自己留足了备胎用尽了暧昧，结果还是找不到那种心安的归属。

其实是不是这样的你或许也厌烦了呢？

或许是你始终对爱还不够坚定，或许是那份爱还不足够让你勇敢，是你对未来和现在的自己还不够自信？

你总想期遇一份完美的爱情，却又不能肯定爱情的真伪；你总想要有一个人守在你身边，却又无法在寂寞的时候拒绝别人的暖意。你怕未来飘忽不定，你怕如今的爱脆弱不堪如纸絮……

其实爱情不脆弱，脆弱的是人心。

很多电视剧里，很多女主总是被众星捧月，总是被呵护在完美的爱情梦乡里。

倒是难有《太阳的后裔》里柳时镇和外科医生姜暮烟那样一见倾心笃定简单的爱情。

很多电视剧里的女主身边又有霸道总裁的霸道之爱，又有男二男三暖男的陪伴。

好像什么都有，好像什么也不会缺，没有这个还有那个可以顶替。

很多人为此也羡慕那种既有爱情也有面包，既被霸道又能兼顾暖男之爱的友谊，时时不缺温暖依靠的肩膀。

其实那不该是我们对爱情的向往和对幸福的理解。

因为生活不是这样的，生活是直白的、简单的，没有电视剧里那样完美的众星捧月，也不会出现那么多完美的肩膀和够自己来权衡利弊的备胎。

它只是一头扎进去了就扎进去了的执着和单一，是一种叫纯粹的东西。

真爱其实一直存在，难求的只是爱的人的笃定。

经得起诱惑，耐得住等待，理得清情感，懂得了所要，就会简单许多吧。

爱若认定，情也坚心。

在认识我先生之前，我也有几个男生在追求，有的家境富裕，有的为人温暖，有的才学品格皆优，总之还不错，可是唯独少了那份说不清楚的感觉，可以称之为不来电，于是做了果断回绝。

那样做是不想给人抱有希望，不想给人产生错觉，更不想自己一时脑热因为感动或者欣赏而爱。

我觉得爱是一种长久的感应，是一种冥冥之中的安排，是那种一眼就会认定，并无怨无悔，无所顾念勇往直前的情谊，他若爱我亦然。

如果不是，如果没有，一定要耐心地等待。不是谁对你好，谁让你某一瞬间感动了一下，谁追你特别辛苦，而去怜悯。那样对自己不负责对别人也不负责，这是我的爱情观。

那时有人跟我说：

婉清啊，你傻呀，你不能拒绝那么优秀的人，应该给自己留些余地，多选择一下，说不定以后就不会遇见这样好的男人了。

人家送你书你就接着，人家约你吃饭你就去，好的男人为什么要统统被你拒绝光？再说你又不吃亏，不损失一分一毫，又不是一定要嫁给他了，那么害怕干什么？

若是错过了有你以后哭的，汽车还需要一个备胎呢，何况是人……做个朋友会怎样？

我说：我不会哭的，因为我知道自己做了什么，也知道自己需要什么。如果以后我真的遇不到了，那也是我的命啊。再说了，爱情里的人只谈爱，不说友谊；友谊里的人只谈友情，不说爱。没有中间状态的暧昧。

她们对我无语，留下一句以后有我后悔的，一副恨铁不成钢的样子。

可是后来，我认识了他，感觉就对了，感受到他就是那个一眼万年的人，心中只有庆幸在二十几岁的时候，在最好的时光里遇见他，并庆幸自己一心一意执着过。

后来我们相爱、结婚、生子，融入到世间最平凡的烟火里过日子。

信奉"执子之手，与子偕老"，信奉唯一笃定的情谊。

有人说那只能说明是你的幸运，还是存在着后面后悔要哭的人。

有人说不能绝对，有备胎的爱情也会有结果。

也有人说：毕竟汽车是要备胎的，人应该也需要；毕竟日子是需要暧昧的，不然多无味。

其实日子要的是安宁，心要的是简单，爱要的是唯一，情要的是专注，幸福愿意陪伴的是一心一意。

汽车需要备胎，是为了方便不时之需，是为了保障自己和他人的生命安全，也是为了持续更好地提供爱自己和爱别人的能量。

但是爱不需要备胎，如果你无法确认自己的感情和归属，可以不开始，可以守真心，切勿留有余地，周旋于暧昧。

你若给爱情备了胎，那么爱情也会把你当成了真爱世界里的备胎，幸福感就会模糊不定，因为世间万物需要的还是一心一意。

若一个人对于自己的感情纠缠不清，无法肯定地判断出自己所爱、所期许，那么心情也就会纷乱。

心情纷乱就会无法专注爱自己和爱别人，也无法全身心去接受一个人，患得患失于幸福感是常有的事情。

其实爱情从来是不需要人们留有那么多余地的，你若爱就是爱，全心全意；你若不爱就是不爱，没有那么多同情。

真爱总是眷顾真心的人，你给予的纯粹就是岁月回馈你的幸福。

所以对爱的态度即是：没有备胎，不玩暧昧。

我有时候翻看古代的爱情文，里面有很多的痴情故事，那种一人一心的情谊是如今社会很难再有的坚定。

那时崇尚的一夫一妻，崇尚的"执子之手，与子偕老"，崇尚的"山无棱，天地合，乃敢与君绝"，崇尚的"衣衫渐宽终无悔，为伊消得人憔悴"，等等，等等，均是唯美。

我最喜欢的是：我欲与君相知，长命无绝衰。山无陵，江水为竭，冬雷震震，夏雨雪，天地合，乃敢与君绝的执着。

我知道这世间的爱有很多种，我知道这世间守幸福的方法也有很多种，但是在爱情里，没有备胎不玩暧昧一定是真的喜欢一个人，一定是你最能勇往直前的爱，一定会是你最难忘的初心。

别被霓虹慌乱了心绪，别被风沙迷糊了眼睛，别对自己不够自信，别为未来忧心忡忡，爱和幸福喜随遇而安，不喜刻意为之。

爱一个人就好好地爱吧，不要瞻前顾后，摇摆不定了，那样的爱太不确定。

爱一个人，就别有备胎了，也别玩暧昧了，你要的只是笃定。

可遇不可求，随心而定。

你永远不知道明天的事情，只有今天你能够好好地爱着，好好地被爱着。

变质的从来不是婚姻，而是你的心

1

有一次和一个朋友聊天，他说人真的是一种很奇怪的生物。

没有的时候拼命想拥有，拥有的时候又拼命想舍弃，明明不喜欢全世界的人来骗你，却又偏偏允许自己骗自己。

单身的时候想要结婚，结婚了的又到处伪装成单身，孤独的时候想着有人陪，有人陪的时候又觉得还不如孤独。

明明说是因为爱一个人所以才要和他（她）在一起，结果分开的时候你却又掷地有声地说着我们没有爱啊。

明明说认识她是最幸运的事情，许诺了要给她风平浪静的生活，可是后来给她大风大浪的就是你，这就算了，你还不忘正个名踩一脚说：我们的认识就是一场错误啊……

到底是过去瞎了眼，还是现在猪油蒙了心？

大概如人饮水冷暖自知吧。

他说婚姻怎么那么可怕，变起质来一点儿不心慈手软。

……

我问朋友为何忽出此言？如此感慨，一点儿也不像原本睿智有加、理智有余的他。

他无奈地笑笑。

2

他说还不是因为最近身边的人离婚的离婚，出轨的出轨，分手的分手，闹腾得厉害。

让他一个结婚7年的男人感到了后脊梁上袭来的凉意，加上最近和妻子之间的关系逐渐降温，随时都能接近冰点，不免让人担忧，这样下去真怕轮到他自己啊……

何况又到了7年之痒的尴尬，不知道能不能幸免，也不知道自己还能不能一枝青莲独秀。

他想起当初那些参加过的婚礼，婚礼现场多少镁光灯下，红白玫瑰花团锦簇，大红喜字红彤彤，一双璧人三叩头，你说我愿意，他说他愿意，画面那么美丽。

他的婚礼也是如此，洞房花烛夜，红烛滴滴，求过天长地久。

可是这才多久，身边的兄弟们就离了好几拨，自己好像也进入了怪圈，开始闻到了婚姻发霉的味道。

3

我扑哧一笑，这男人多愁善感起来竟然也是这样的汹涌澎湃没完没了。

但是忽然有感，他身上一定还有事情。

果不其然，他说最近有一个女孩向他表白了，一把年纪竟然也感到了初恋般的甜蜜。可是自己是有家室的男人，尽管婚姻不如意，但是……

但是怕啊……

我问他究竟在怕什么？

他说：怕婚姻早已经变质，怕七年之痒，怕爱情太美丽，怕自己也难以幸免这个世界恣意传播的病毒，怕自己骗自己。

我懂了，不是婚姻变了质，而是你变了心。

其实这个世界哪有那么多恣意传播的病毒，如果有也一定是自己给了病毒侵袭的机会，免疫力低下才会被病毒有机可乘。

其实这个世界也没有那么多问题，有问题的往往是个人自己，就像你说人是奇怪的生物，但同时人也是伟大的生物。

怎么想怎么做还不是全凭自己的心态。

婚姻本身是不会变质的，变质的往往是你的心，七年之痒不可怕，可怕的是你信了有它的存在。

4

一个人的心意若坚定，他的行动也会跟着坚定，信仰也会无比执着；一个人的心意若有变，他的思维才会乱了阵脚，行动也会跟着捣乱。为此信仰才有了怀疑，人心才会不安。

你若不变，谁又奈何得了你呢？你若想变，赖婚姻变了质又做什么？

很多时候放在冰箱里的食物，不是它无缘无故就变质了不能吃了，而是你一定将它遗忘在了某一个角落很久。你的心里没有它，疏忽了它的存在，才奇怪有一天发现时它怎么就长了霉斑，然后吃下去就会坏了胃，伤了身体，你只能选择丢弃。

丢弃的时候还在埋怨，现在的东西怎么那么容易变质啊。

可是当初把它买来也一定是因为新鲜美味可口诱人吧，放在冰箱也是想来保鲜吧，只是你的心后来遗忘了罢了。

因为早有其他食物代替着你对它的感观。

婚姻也是一样的，不是它无缘无故就会自己霉变，而是有一个漫长的过程，也不是七年了就会生病，自己先给自己下了咒语。

关键要看你的心意是如何对待婚姻的。

你若真爱，何必怕世界病毒恣意蒙了你的双眼；你若真爱，何必怕万物变化影响了你的笃定。

婚姻的路你自己分分钟可以拿捏。

你是因为爱而爱，你是因为情而坚，你是因为你是你自己呀。

别人的世界，别人的婚姻，别人的分离又和你有多少关联？

你怕的其实不是婚姻会变质，你怕的是你自己的心不够坚定。

所以才会徒增烦恼。

5

记得有一个朋友，以前和我说过一个故事。

她说有一个人去山上砍柴，沿途遇见了一朵黄色的小花，他觉得很好看，就将它连根拔起放在身边。

想回去种在自己的院子里好好栽培。

结果他一直在砍柴砍柴，忘记了身上还有这朵花，一会儿被他踩在脚下，一会儿被他搁在腋下。

待到砍足了柴准备下山的时候，他看见有一个路人手里也拿着一朵紫色的花，看上去比他的好看。

于是他想起了自己的花，觉得逊色了。

花瓣耷拉下了脑袋，枝干也萎缩起来，无精打采，怎么看都觉得失去了第一次采摘的心情，花变了模样。

他一讨厌就把它给扔掉了，说这花真难看，枯萎得真快。

过几天他又去山上砍柴，在路上又看见了一朵黄色的花，觉得这花怎么开得如此漂亮，比那一天那个人手里的紫色的花强上一百倍。

其实花还是那朵花，人也还是那个人，只是心不一样而已。

有时候这个世界上变得最快的永远是人心，而不是周遭的风景。坏得最快的也不是爱情和婚姻，而是你自己对待它的方式。

白居易《太行路》有言：太行之路能摧车，若比人心是坦途；巫峡之水能覆舟，若比人心是安流。

意思是说，太行山路险难行，能摧毁车辆，若比起君心啊，它多么平坦；巫峡里的水能颠覆船只，若比起君心啊，它多么平稳！

可见人心往往才是关键。

而行路难，不在水，不在山，只在人情反复间。

婚姻之难也不在于七年之痒，不在于三年之痛，不在于婚姻的质变，是一颗心是否还能坚守，初心依然。

婚姻之路经营不易，山一程，水一程，扑朔迷离，我们要做的永远是经营好自己，守护好初心。

于是一句且行且珍惜赠与你我共勉，愿我们都是被岁月温柔以待的人。

爱在当时已惘然

爱一个人，有时候是一厢情愿而已。

喜欢一个人可以不问他是否也喜欢你，不问他是否在乎你，全因一句习惯了你的存在而幸福得要死。

然而当山岚的风吹起，新年的钟声敲响，他说的只有对不起……

1

2005 年跨新年的钟声即将响起，古老的外滩被一群年轻人包裹得水泄不通。

教堂外，朋友妞妞正痴迷地看着王益。

10.9.8.7……倒数声一波盖过一波时，人群突然就安静下来。

妞妞的心也跟着狂跳不已，再过一会儿她要亲口问问王益，如果他的心里有她，她就要向他求婚。

0：00 分，教堂上那口古老的钟声咚咚咚响起，我身旁站着的妞妞一把拉上了王益的手狂奔狂喊："新年快乐，王益新年快乐……你爱我吗？"

王益似乎没有听清，甩开妞妞的手奔入人群，寻找佳晴的身影。

那一刻妞妞和我都僵持在原地。

"九九，你说王益喜欢我吗？"

"我也不知道。"

"如果他喜欢我，怎跑去找别人？如果他不喜欢我，那么又为何会和我在一起？"

"你的问题那么多，我哪里会知道？"

"其实我也不知道！"妞妞说着说着哽咽起来。

明明是新年伊始，怎么就看着她泪眼婆娑让人难过。

"九九，我决定了，我得上前去拉他回来，问个究竟。"

"现在？问什么？"

"我想戳破这个气球，看看王益的心里装没装着我。"

"然后呢？"

"然后……"

我拉着妞妞随人流涌去。

耳边的声音再也听不清，握着她的手全然是凉飕飕的汗迹。

在这冰冻的寒夜里，她的一颗心也仿佛被冻住。

远处王益正替佳晴把羽绒服的帽子往头上戴，佳晴的手笨拙地系着帽檐的绳子。

看过去像教堂前无数恋人中的一对，其实这个时候应该带着某些人回家去。

可是我也模糊王益到底是不是妞妞的男朋友。为什么那么久了，他还总是和佳晴处得热火一些。

而佳晴是王益认的妹妹。

绕起来有点复杂，只是这个点，确实他更应该和妞妞在一起。

2

我没有拦得住一个心里已经发了疯的人。她甩开我的胳膊，壮士一去不复返地走向王益。

一把拉上王益问："你的心里到底有没有过我？"

佳晴吓得退了回去，王益是呆呆的表情。

我快步拉住妞妞，她突然就"哇"的一声哭出来，这好好的跨年一下子就来了个情绪大反转。

王益像是在做什么决定，站了许久，来到妞妞身边。

作为朋友我该退去，可是我看佳晴似乎不愿退去。

那我就深怕妞妞吃亏，我也干脆守在妞妞后面。

我听得清楚，王益一字一顿地说："妞妞，对不起！"

转身离去，电石火花般消失在人海中。

反应过来的妞妞失了心一样地追他而去，嘴里大声喊着："王益，我不要听对不起，我只是想要知道你的心里有没有过我？有没有过？"

"别傻了，人都走了。你看过戳破了的气球里有没有东西？气球没有心，他没有表情。"

3

妞妞是我们对她的昵称，她的全名叫许可丽。

她是一个乐观的人，一向敢作敢当，一向心诚如镜。

还有点儿女汉子，谁有个事情她都愿意挺身而出帮着解围。

大一的时候我们就认识了，一直黏糊在一起，关系甚好，其中也有同乡的原因。

在一次答辩会上认识了王益，针锋相对过后，不打不相识地成了朋友。

知道王益也是来自同一个城市，妞妞的心中便从此装上了这个男生，对他格外留心。

没有谈过恋爱的她终究是喜欢上了王益。

之后整个人就变了，变得小心翼翼，变得花样百出，变得柔情似水。

当时我们不知，只知道王益对妞妞也有意思，至少妞妞对他的好，他没有反感和严正声明不可以。

学校里没事就会打一场篮球，那是很多大学里有的青春故事。王益是校队一员，妞妞自告奋勇站出去自荐做了拉拉队队长。

一个三分球画出一道漂亮的弧线，越过妞妞的头顶，越过一旁樟树的枝干，落入到篮筐里去。

欢呼声响起，叫好声不断，王益像偶像一般被几个男生抬起哄笑，而妞妞擦过我的身旁，向王益挥舞手臂。

没事的时候妞妞会为王益买各种早餐，花样变化着来，只为博男神一笑。

有时候还偷偷去男生宿舍楼下等着，等着王益的脏衣服拿回来洗。

一个月 1200 元的零花钱，根本不够花销。自己每天早上就啃一个馒头，就着热开水，而买给王益的早餐还是那么精致。

我们都曾劝过妞妞："要对自己也好一些，不能恋爱了就亏待自己。"

她总是乐呵呵地笑，乐呵呵地说："我的心里有王益，他开心就好！"

后来我们才知道当时他们未在一起，只是姐姐一个人的付出，王益认为的好友情。

可是姐姐从来没有在意过。

4

大三那一年，姐姐跟我说："我向王益表白，你猜他怎么回应？"

"他喜欢你？然后在一起了。"

"九九，王益说试试，他好像习惯了有我。"

"然后这是公然开始恋爱了吗？"

"我觉得很幸福！"姐姐在我身边雀跃着。

我一直在想尘世间的爱情，果然是伟大的。

喜欢一个人可以不问他是否喜欢，不问他是否可以爱你，就光一句因为习惯了你的存在而幸福得要死。

眼前的姐姐和那个我从未看到他为姐姐花过一分钱的王益在一起了，我想我该相信爱情的力量，相信姐姐的力量。

结果没有多久，我们就知道了王益一直有个干妹妹，在南方另外一个城市读大学。

王益最喜欢和姐姐聊的话题里必然有这个干妹妹。

我记得什么时候我们流行过交换明信片，什么时候又流行过一封一封的鸿雁飞书，又什么时候开始会喜欢有个干哥哥、干妹妹。

姐姐和我说起这个远在家乡的王益的干妹妹时，我心里就隐隐地感觉到不妥。

女人特有的第六感给了我些许不安，却没有给热恋中的妞妞一个提醒。

QQ上、MSN上经常有王益和那个干妹妹的聊天记录。

那时妞妞和我也知道了那个人叫佳晴。

妞妞也和佳晴成了没有见过面的朋友，而我也被强迫着成了她们的共同朋友。

或许是我多虑了，只当这样的岁月静好也罢。

毕业以后，我们三人都回到了家乡，终于见到那个叫佳晴的女孩。

她是一个纤弱的姑娘，看上去就有几分惹人怜，只是目光暗淡，捉摸不透。

我自以为是王益的朋友了，爱屋及乌地跟着他和妞妞去会了这位虚拟中早就是神交的朋友。

后来我去了别的地方，一别就是两年。

这两年陆陆续续地也听妞妞说起她和王益的爱情，但是觉得淡淡如水。

或许淡淡如水是爱情的常态，只要妞妞爱着王益，王益心中有她就好。

可是有一次下雨，妞妞在QQ上敲来一段文字，她说："时光荏苒，爱情无声无息，我爱他的心依然炽热，却越来越不知他的心里有没有过我。九九，你说那么多年来，为什么他从来没有说起他爱我，也从来没有说过他在乎过我。不知道是错觉还是小气，我总觉得王益看佳晴的眼神和看我的不一样。那种眼神我从来没有享受过。"

当时我晚回，看着这一组文字，想了许久，再发过去时，头像已黑。

于是说好了2005年一起跨年，妞妞说过她要在这一天问问王益，他的心里到底有没有过她。如果有，那么在钟声响起时，她向他求婚……如果……

5

王益走远了，佳晴也不见了，广场上的行人也散去了大半。凌晨的寒露开始浓重，我本能地将妞妞的头揽入怀里。

她还在轻声地哭泣，哭着哭着她安静下来，挤出一朵笑容。

"其实九九，我早就知道他不爱我。只是这么多年我很想知道他的心里有没有过我，分开我也要知道，我只想知道这一点。"

我心疼得不知道如何安慰，这时候再去问他有何意义。你总是想猜透他的心事，全然不知道他如果愿意，根本不用你猜；你一心想要戳破气球看看，它的里面到底住了什么，而"砰"一响，塑料皮四飞，里面空空如也，只剩下一地的皮囊，就连拿着气球的人都没有表情。

远处是我喜欢的人来接我们了，夜空里烟花一束一束地烂漫开，他轻轻地给我围上厚围巾……

车开一路，身旁的姑娘已入睡。

爱情有时候是一厢情愿而已。

抱歉，我和你做不成朋友

爱过的人，做不成朋友。

1

冬日的夜零星飘落下几许雨丝，凉凉飕飕的风把它带进了吕思思的脖颈，而她却丝毫没有感觉到冷意，执拗地顶着一头早已凌乱的长发，独自一人走在午夜清冷的街上。

她想，怎么就不下一场初雪呢？那样的话，屋顶、马路、电线杆、树木和花草都会蒙上洁白的雪花，她的发上也会，这样可能就会是白了头的模样。

眼前所有肮脏的、错乱的、浮躁的、冷漠的尘埃也都将会被清风拂去替换上简单的纯白，那样就可以牵着一个人的手告诉他我们终于走着走着到白头了，从眼角到耳鬓，从你的心到我的心里面。

可是现在，飘落下来的是雨滴，流下的是泪水，凛冽的北风卷带着尘埃将心肆虐撕裂，而我们终于是走着走着就散了……从昨天到今天，从指尖到松散。

吕思思牵动嘴角笑了一下，举起右手弹掉脸颊上那几滴还未滑落的泪珠，理了理额前湿漉漉的发丝。

2

前路一边上有一个花坛，花坛的鹅卵石小径上有一把木椅，曾经她和他常常坐在上面，看过春天的花开，听过夏日的蝉鸣，数过秋天的银杏叶，也见过冬天的白雪。

那时候的天总是很蓝，他的蓝色衬衫总是带着淡淡的烟草味；那时候的风吹来暖暖的，就像他的气息那般氤氲。

总是会牵起手一起压过长长的马路，从黄昏的街头走到深夜的小巷，从城市的这边走向城市的那一边，从不知疲惫，从不感到不安，仿佛这样走着走着，就能走进彼此的心里，走过漫漫的人生路，走到白发苍苍的时候，牵着的手也不会分开，那时候望得最多的是夜空中的月亮，说得最多的是你侬我侬的情话。

吕思思很清楚地记得，当时就是在这把椅子上，陈皓让她闭上眼睛，然后戏法一般变出无数千纸鹤来，还有一瓶不知道他什么时候折的星星。当她睁开眼睛，夜幕下，带着荧光的星星闪闪烁烁，映在陈皓棱角分明的脸上，而眸光里流露出银河系一般神秘的亮光，那时她的世界都被他给照亮了。

他单膝跪地，牵过思思的手，将它握在自己的掌心。她低下身来，摩挲着他的脸。青丝在风中相缠，心里的花一朵两朵开放。

只听陈皓说，思思，我还没有存够买钻戒的钱，但是我愿意给你最美好的一切。这是我亲手折了一年的星星，一共365颗，每一次思念你的时候我就这样折下一颗。我知道你最喜欢有星星的晚上，所以今夜我将它送给你，希望你每一次看到它就像看到天上的星星。

思思，还有我恳求你将来会愿意嫁给我，做我的妻子，然后我们一直在一起不分开好吗？你愿意吗？

吕思思想也没想就将头埋在他的怀里，嘴里幸福地说着："傻瓜，我当然会愿意的，你的星星比钻石要璀璨，我很喜欢，我不嫁给你嫁给谁啊？"

陈皓说："我们一定会牵着手走下去，永远不会分离。"

嗯，一定是这样的……思思笑着。

那时候的光阴是那么美丽。

3

风吹来，有细沙进入眼睑，时光一晃，竟然已经过去了两年。

原来一辈子这种事情是不能轻易信的，原来说好的永远其实都是会改变的，至少陈皓是不爱吕思思了，而吕思思却无从知晓他是从哪一天开始放弃了自己。

现在椅子上面湿哒哒的，几片落叶掉在木条上，四周是无尽的寂寥，还有残缺不全的记忆斑驳在时光里。她坐了下去，有些僵硬的手伸进包里，颤抖着摸出手机，划开锁着的屏幕。

屏幕上一亮，壁纸还是她和他的照片，写着"我们"。

她哈了口气，挺了挺身子，似乎有点儿缓过神来，终于有勇气打开了微信。

果然陈皓的头像旁边密集了红点，展开是一连串他发给她的信息。

再也没有欣喜感。

最上面的是今天早晨的时候他发的：思思，我们分手吧。

这个她已经看过，心中剧痛。

是句陈述句，对的，不需要思思来做任何回应，他一个人就决定好了，不像当初小心翼翼地问着：我想恳求你将来愿意嫁给我，做我的妻子，一起牵手好吗？

那时是需要思思回应的。

从来牵手是两个人的事情，分手却真的是一个人点头就可以，这回她也算是领悟了。

只是料不到分手两字来得如此的快，毫无招架的能力也承受不起。思思一个人从办公室出来，跌跌撞撞，嘴里念念有词：当初不是说好要一起牵手到白头的吗？不是要陪我看繁星璀璨吗？不是……

4

思思没有回答那条信息，心如刀割的她当时就把手机扔进了包里，走在风里。

因为爱过，她无法潇洒地回复说：好的。

从白天一直走到现在，也不知疲倦，只是心死大于悲哀，她只是想重复着走过每一条曾经走过的路而已。路还在，情却变了，只当真是应了物是人非的景。

现实就是如此残酷，却总是让人猝不及防，不得已长出坚强的翅膀，抵御来自五脏六腑的疼痛，然后终是要带自己飞翔，飞出痛苦，飞出固执，飞出无奈。

现在下面多了很多他的解释，一条一条的，密密麻麻，自言自语。

思思，对不起，你现在在哪里？告诉我，我有话对你说。

思思，对不起，是我辜负了你，可是我们依然可以做好朋友的，你能不能不要什么话也不说好吗？

思思，对不起，你是一个好女孩，陪我度过了三年校园生活，陪我熬过了两年创业时光，是我混蛋，我说过我要给你最美好的未来，可是你知道的我已经没有办法了。我和她的事情是家里安排的，双方父母是世交，我和她也算青梅竹马，这次不是她父亲帮忙，我根本就是一败涂地，再也无法站起来了，我不能去辜负她。

思思，你说过你会理解我的，我们做不成爱人，可以做好朋友的。真的，以后我依然会把你放在心上，你遇到什么事情我依然可以是你的依靠。

那么你就来选择辜负我？哈哈，真是太可笑。知道是这样，反而忽然释怀了，一个人可以选择背弃誓言丢下你，你又何必固执地认为还应该爱下去呢？

吕思思又笑了，这一次是鄙夷的笑，划开了夜的沉重。

5

前一秒她还是心痛得无法呼吸，这一秒她终于明白，有些人是不需要她再执着地去爱了，有些往事只能是随风飘散了，有些说得再美的承诺只能是白头后才可算数的，至于中途，谁也有先下车、先放手的权利。

他陈皓可以，而我吕思思也可以。

吕思思对着手机说：分手快乐，祝你过得幸福一定是假的，因为我们那么深地爱过。时光无法像一盘带子，可以由着我倒过来重新开始，那么我只能选择像流水一样往前淌去。既然分手，既然辜负，那么就不需要那么多解释了。

　　没有什么对不起，如果对不起能够买来曾经的深情不被辜负，我倒也愿意，大方地说一声没有关系。

　　没有什么对不起，如果对不起能够换回昨日的誓言不被讽刺，我倒也愿意，大方地说一声分手快乐。

　　抱歉了陈皓，我和你做不成爱人，也做不成朋友。

　　因为爱过的人是无法再做朋友的。关于爱情，要么执念到白头，要么趁早就分手。或许谁也没有错，只是一切都变了。

　　吕思思站了起来，理好身上的衣服，捋顺长长的头发，背上松垮的包，拍去身上的水珠，再一次拿起手机，删掉了关于陈皓的微信、微博、手机号码，以及一切关于他的记录。

　　既然分手，何必纠缠。抱歉，我和你做不成朋友。不如敬往事一杯酒，从此你走你的路，我喝我的酒。

松开父母的手婚姻会走得更远些

1

朋友东木是一个酷爱画作的人，他喜欢在家里铺上笔墨纸砚画上几笔，更喜欢在空暇的时光里到处去鉴赏名家的画作。

这几天从西安风尘仆仆地跑到了烟雨江南，落在小桥流水人家的绍兴，为的就是一睹当年他恩师笔下的几幅新画。

午后的时光里，清冽的风一扫昨日的阴霾，露出了湛蓝的天空和金色柔和的阳光。

微信里他给我传来了三幅水墨画，画上是不同姿态下的唐婉儿。

水墨中，那唐婉儿在抚琴吟唱，在泼墨作画，在手拿蒲扇、闲来小歇。

东木忽然说，他哭了，他从来没有看画看哭过，大概是真的感动了。

我非常理解爱画的人对于画的解读，每一幅画作里除了画面的呈现外，更是看画的人与画本身灵魂的交汇。

就像爱写字的人，每一个字都像骨髓里的细胞，视如珍宝，或许一不小心也会写哭了自己。

但是我更能明白他之所以哭了的原因，更应该是那个关于唐婉儿和陆游的凄美爱情故事。

2

而没有多久我们彼此在想的一件事情就是：没有父母的干预，或许婚姻会更长久一些，没有父母的干预，或许婚姻还有爱情可言。

可是唐婉儿和陆游就是一对活生生因为陆母的干预而拆散、分离、无法终成眷属的例子。

无奈于生离死别，到最后成了两个人心中永远无法抹去的心结，留下了在沈园墙上那首《钗头凤》的千古遗憾。

本是青梅竹马的恋人，本是两小无猜，本是心心相许，在陆游20岁的年纪里，两人喜结良缘。

婚后的他们有过短暂的幸福时光，秉烛夜谈，琴瑟和鸣，诗词唱和，手种桃树，盼一树花开……

然而幸福时光并没有持续多久，就遭到了陆游母亲的干预和百般挑剔。

她嫌唐婉儿影响了儿子的仕途，阻碍了她儿子考取功名，没能给陆家带来好运，她要求儿子陆游休了妻子唐婉儿。

在那三从四德、百善孝为先的封建年代，陆游选择了前者，做了爱情的懦夫。

原以为在外面给唐婉儿买房安置，偷偷可续情缘，结果又被母亲发现，被迫做了生离死别，才知道被父母搅和的婚姻再难两全，心中的爱再也不能燃起。

唐婉儿离开后，陆游也离开家乡十年。唐婉儿死后，他又离开家乡去了远方。

在他一生所作的九千多首诗里，他从未写过他的母亲和后续的妻子王氏。

所以在《钗头凤》里有这么一句：红酥手，黄縢酒，满城春色宫墙柳。东风恶，欢情薄，一怀愁绪，几年离索。错、错、错！

在陆游心中母爱应该像春风般暖和，竟落到一个"恶"字，而痛苦的分手又岂是一个"错"字能够概括。

3

记得那一年在沈园十月金秋的厅心戏台下，听着台上凄美的演唱，台下的人唏嘘一片，抹眼泪的抹眼泪，窃窃私语的窃窃私语。

很多人惋惜他们，觉得如果两个人活在现在这个时代里就不会出现这种情况了，婚姻就不会被父母干涉，不会活生生拆散这么一对有爱的人，也不会因为不听从父母之愿背上不孝罪名。

说陆母最后也落得儿子不爱，晚年孤伶什么的。

如果父母要干涉，即便是远离了那个封建落后的年代，在现代文明的今天，依然会发生这样那样的离别。

因为民政局大厅的那些落寞的人，除了双方本就不是两情相悦，你要走你的阳关道，我要过我的独木桥外，还有很多一部分就是因为父母的介入干涉，影响了婚姻生活质量，导致最后的感情破裂，消磨殆尽走到离婚这一步。

而她和他曾也是对婚姻满怀期许，充满幻想的，曾经也是爱得深切，处得欢愉过的。

或许本该是两个人的世界，三个人或者四个人的生活，最后却乱了阵脚。

没有谁的错，却仿佛谁都错了，没有谁的故意，却仿佛谁都落套了。所有的初衷也都是为了爱的名义。

直到很多婚姻里的人丧失了该有的责任、担当，也丧失了一个小家的主导自由。

原本的小家变成了大家，原本的女主人地位，变成了一个寄人篱下的女人思想，原本的男人变成了男孩，原本的柔情变成了一地鸡毛中的凌厉。

直到互相伤害，直到太多搅和在一起的烦碎、争吵、无休无止的折磨，让婚姻成为了所谓的坟墓。

而众多的干涉里，又以婆媳问题的迸发为典型。

所以不管是唐婉儿的年代，还是我们现在，都还在上演。

4

记得有一个结婚12年的大姐，生育了两个女儿，那时因为一直未给婆家生育一个男丁，而备受冷落。原本丈夫是非常体谅她的，两个人的生活也没有问题，但是自从她连生两个女儿打算不再生时，就遭到了婆婆公公的极力反对。

觉得不生，没有男孩，就是不孝，所以婆婆经常一哭二闹来搅和，原本安静的家变得经常鸡飞狗跳。

结果可想而知，离了。

还有一个刚结婚不久的姑娘，和男朋友两个人从大一开始相恋，到结婚整整六年的感情基础，最后却败给了婚后不到一年的现实生活。原因是原本她眼里的大男人，那个保护她的勇士，在他父母来了后，变成了衣来伸手饭来张口的男孩。

几次和婆婆交涉，却遭到了婆婆的反对。她认为自己的儿子一直就是过着这样的生活，她过来也是担心他会过得不舒服，所以来照顾的，没什么不好。

可是她要的是一个有担当的男人而不是一个妈宝，她要的是自己的婚姻生活，而不是搅和在一起的家长里短。

最后两个人越来越没话说，吵架的时候也吵不痛快，以至于用冷漠来对待。

趁没有孩子她坚决地离开了。

这些只是冰山一角，在现实的生活里，婚姻的围城中，这种现象日益凸显着。

5

如果父母永远不懂得真正的放手，那么就不会有真正意义上成长的成熟。

我一直在想，是不是每一个父母能给予婚姻中的儿女多一些空间，多一些自主的权利，多一些自我的责任和担当会更好一些？

就像前几日看到的一篇文章一样，做到适时的退出，做到真正的放手。

只有这样小孩才会茁壮成长，才会撑起一片天空，才可以使爱情走得更长远一些，使婚姻生活更加纯粹一些。

毕竟每一个奔着婚姻去的爱情都希望是天长地久的，毕竟天下父母的初衷都是为了孩子的幸福。

你去看，那些被父母放手的孩子会走得更远，那些被父母祝福的婚姻，没有被父母搅和在一起干预的婚姻，相对就过得更勇敢和纯粹一点。

所有的爱情都是为了有一天能够执子之手与子偕老，所有的婚姻我们都期待长相厮守，而长相厮守的是两个人两颗心，不需要很多很多……

没有父母干预的婚姻一定会更长远。

年轻的时候，别怕自己过得太穷酸

1

前几日有一个读者朋友在后台问我，他说：婉清姐，你说年轻的时候有什么办法可以快速摆脱掉贫穷，获得最直接的财富？

我说：这个除了原生家庭如果能带给你的原始优势外，再者就是需要通过自己的努力和奋斗了。

听起来像熬了一碗鸡汤，但是就算是鸡汤也没办法给你脱贫致富的捷径的。

他沉默了一会儿给我发来一段话。

他说他目前属于两者都不沾边，原生家庭在西部一个偏僻的大山里。

父母以及祖祖辈辈都是脸朝黄土背朝天的农民，能够供他上大学还是家族里亲戚倾囊相助凑的钱，所以并没有这种优势。

而他自己现在读大四，学业还未完成，也并没有谋得一份好的实习机会。

这样的他最近越来越自卑，觉得从小到大，人家有的，他都没有，人家不要的东西对他而言还是奢侈品。

从未有过宽裕的时候，目前几百元钱连基本生活费都不够，勉强一日三餐还多靠方便面救济自己的胃。

寝室里室友有聚餐，他不敢参加，因为他请不起，也 AA 不起。

平常走在路上连买一杯饮料都要思忖半天，想着买了以后口袋里的钱会减少到多少，够不够维持接下来的日子。

不敢和同学们谈时尚谈娱乐，独来独往，觉得自己逊人一等，抬不起头来。

2

尤其是最近他喜欢上了一个女孩，很多次看着女孩从他身边经过，那阳光明媚的脸，那银铃一般的笑声，让他为之倾倒。

看见她就觉得心安，觉得有了些快乐，但是每一次快乐后他就撕心裂肺地痛，自卑会像蚂蚁蚀骨一样啃食他的心。

他怕极了这么穷酸的自己，怕极了抬头对上那个女孩明亮的眼睛，怕自己的穷酸让他连说喜欢的勇气都没有。

他说他太年轻，他怕，他受够了这样无助穷酸的自己。

3

从他的讲述里我明显地感受到那股自卑，那股对年轻的自己太穷酸的厌恶，来自胆怯和无助。

所以他想逃离这种日子，摆脱这种困惑。

可是贫穷哪有那么容易说摆脱就摆脱，除了一颗努力向上的心外别无途径。但是也根本不用在年轻的时候痛恨自己太过贫穷，因为在这个世界上，没有几个人生来就富得流油，没有几个人生来就能坐享其成。

这种事情并不多，多的却是如他一般泛泛平庸的人。

这是年轻的常态，无可厚非，也无可自卑。

谁又不是曾经过得小心翼翼，过得贫贫穷穷。

除了青春的恣意，我们也有青春的烦恼，除了年轻的张扬也必然有年轻的困惑。

但是我们还有年轻的心和年轻的时间，以及对未来的希望和期盼、执着和奋斗。

这些就是我们的财富，根本不需要在年轻的时候因为一时的不济而觉得低人一等，怕穷酸而频频自卑。

如果你怕了穷酸而消沉，那么才是最糟糕的。

4

后来他又沉默了很久，最后发来了一个微笑的表情，他说婉清姐，好多了，但是如果你能跟我说说"比如"会更好。

后来我也给了他一个笑脸。

比如我不知道你有没有看过那部《请回答 1988》，该剧就很好地讲述了那个 1988 物质贫乏的年代里，很多温馨温暖的故事。

住在双门洞的五户人家，除了金正焕家是因为中了彩票一夜暴富摆脱贫穷外，其余四家均是普通得不能再普通，穷得也相当典范的那几种了。

但是无论是成德善，还是善于，还是阿泽、娃娃他们，无论是靠父亲一个人维持家用，经常不到月末就要挨饿，连生日都要和姐姐拼起来过的人，还是靠政府补助金生活，冬天用不起煤饼的人，都不曾为自己感到自卑过，都不曾为年轻的时候自己有这样的家境而懊恼。

反而相亲相爱，家庭和睦，邻里友好。

依然在该有的青春岁月里迸发着无穷的活力，喜欢跳舞的跳舞，喜欢听歌的听歌，喜欢电台的每晚陪伴……

善于通过自己的努力当上了学生会主席，并用自己的真诚在下初雪的晚上，向自己喜欢的女孩表白心意。

或许这就是年轻该有的态度，穷酸没有什么了不起，没有什么好怕。

5

再比如我，也曾年少，也曾穷酸。

我小时候穿的衣服几乎都是表姐穿下来的。

但是母亲把它洗得很干净，我也穿得很仔细，根本就看不大出是一件被穿过了很久的衣服。

7 岁的时候上学前班，学费是 30 元，而我家到交学费的前一天还没凑足这笔学费。

我看着母亲在抹泪，不知道哪来的勇气，我向邻居阿姨借了钱，我保证好好学习，我保证尽快还上。

你问我怕过吗？我想我有的只是勇敢的心。

后来上小学 5 年，我年年是三好学生，年年班长副班长交替。

演讲比赛、小小主持人，能干的事情我都干，因为我年少，有的是拼的资本。

有一年来了一位年长的老师，弹得一首好电子琴，组织了电子琴兴趣班培训，一学期学费 30 元，而我还是没有钱去学。

你问我难过吗？我当然难过，我甚至偷偷躲起来哭过，但是当母亲问我为什么眼睛红了时，我却说风吹来是细沙调皮进了眼睛。

母亲有一块木质搓衣板，我在搓衣板上用圆珠笔标上了 1234567 的音符，然后我根据音乐课上老师教的，加上平常同学们学时我看来的，就在那搓衣板上比划着练习。

当我有一天在同学们的电子琴上，流畅地弹出《世上只有妈妈好》时，我觉得我一点也不怕那些穷的日子。

穷真的没有关系，那只是一份经历，就如同每一个日出前会有一个朦胧的黎明。

6

最近在看桐华的《半暖时光》，对里面的一些故事情节感触颇深。

从颜晓晨的成长经历和生活的不容易里看到了曾经的自己，曾经年轻时一模一样的不容易。

初中时失去父亲，母亲嗜赌如命，大学四年人家看电影、买名牌、下馆子、聚会，而她做笔记、做家教、去酒吧打工，努力读书获取奖学金，努力兼职获得零花钱，不问她那个妈妈拿一分，却不断要给她汇钱。

她也觉得自己很穷酸啊。有一年春节回家，没有买到车票，一个人在车站晃荡，包被割破，钱被偷走，只剩下几元钱，一天没有吃饭。

然而她想到的不是自卑不是怕，而是该如何解决，如何生存下去……

后来遇上程致远，就如他在书中告诉颜晓晨的一样，告诉曾经穷酸过的我们。

年轻的时候，这个年龄，钱不是最重要的，重要的是你如何把自己的时间变换成有价值的东西，因为人生最大的资本是生命，生命就是时间，就是自己最大的财富。

你经营好了它，扩大了价值，铺垫了以后的路，那么面包会有的，其他也会有的。

7

我们都曾年少，也曾青春无畏，除去少有的先天优越，大多数的我们都是那么平凡，也不可避免地会遇上那个贫穷的自己。

年轻的时候，先来经历过这些并不是一件糟糕的事情，反而更能坚定我们的心智，磨炼我们的勇气。

因为一无所有，才是拼的理由。

所以年轻的时候，别怕自己过得太穷酸。

没有风雨，不见彩虹，没有穷过也不会知道努力是多么美好的事情。

成长路上，难免遭遇风雨，只有经历过，才是完整的人生，也正因为人生有遗憾，才会更加珍惜拥有的东西。

生活似一地鸡毛，不如和它跳一支舞

前段日子我家小辰辰因为病毒感染入住医院，从高烧不退就诊到后来打针挂水治愈出院，前前后后花了将近 20 天的时间。

那段时间里内心无数次地滋生出各种焦虑来，更多的是对病情无知的担忧恐惧。

加之工作上的事情频繁变故不顺折磨，一种筋疲力尽的感受席卷全身。

好几次我和先生面对面而坐，苦笑调侃，我们现在像极了焦头烂额的三只熊，苦哈哈一团乱。

当时先生说只要三只熊在一起就不会太坏。

其实那段时间我和他两个人都苦逼到极点。

总是天未亮就起身，总是夜很深时还不能睡去，陪护在小家伙身边。

我很多时候走在上下班的路上，心里却是千万个惦记孩子的病情。

又很多次，人在医院里忙碌却身不由己地被一个个电话催回单位。

挤在地铁里还是微信、QQ不停地处理工作，一刻不得停歇。

新项目的落地迫在眉睫，而小辰辰却突然生病，领导们都忙得不可开交，也顾不得我是不是家中有人生病了。

我记得很牢，BOSS说职场不心疼眼泪，不顾及委屈。

要的是结果。

那么打起十二分精神用尽所能去处理好各种事情。

像个陀螺一样地转完，走出办公楼大厦的门口，天已经黑漆漆的了，风吹在身上时有了秋的凉意。

拖着疲惫的身子走在行色匆匆的街头和夜色苍凉的霓虹闪烁里，有时候走着走着会忽然伤感起来。

爸妈身体不好没法在我身边，公婆刚好又出去了，工作上紧了发条，医院里住着最亲爱的人。

那种感觉特别难受。

幸好当时的夜色够黑，幸好那一天的路人陌生，还不至于看见我那一刻的眼泪。

那十几天里我们就一直住在医院里，把医院当成家来过。

几件换洗的衣裳，几件日常洗漱用品，几本书籍而已。

当时和我们同住一个病房的还有一个小男孩，晚上陪睡的是他的妈妈。

他叫小葫芦娃，很可爱，他的妈妈是吉林人，前几年这边沿海城市去北方人才引进的时候聘请了她来到这座城市。

之后就嫁在这里。

也许人和人之间一定存在着某种磁场，相处的一个星期里，我们竟然成为了朋友，孩子们也成为了好朋友。

每晚睡在一个房间里聊家常、聊工作、聊一些生活，比如她的远嫁，比如她感兴趣的我和我先生的故事……

这给压抑的住院生活增添了许多温情和及时的调味剂。

不过有一次她还是忍不住和我说：

我很羡慕你也很佩服你，你们三个好像到哪里都能扎根生存一样。

在这冰凉压抑的医院里，吃不好睡不着的情况下，你能照顾好自己照顾好孩子还能一家人软声细语。

她说在你脸上看不见生活的烦躁和怨气，在你身上也看不到岁月打压过的痕迹。

那样的你真好，真让人羡慕！

我问她为什么这么说。

她说她已经撑不住了，每天坐一小时车，在家和医院之间陀螺一样地转着。

心中的烦闷像一万只草泥马奔腾呼啸而过，烦躁、郁闷，感觉气都透不过来。

她说她原来的生活安逸，上个班、散个步的，没想到一下子混乱了，鸡飞蛋打的乱、烦。

真的受不了这一地鸡毛的模样，洗个脸她都觉得累。

这样再过几天她怕她会爆发。

但是她很好奇我，好奇我都忙碌成这样了脸上举止还能从容淡定如此，还能六点起来收拾好一切，安排妥当。

把自己收拾得干干净净去上班，精致的衣服、精致的妆容，还不忘精致的饰品搭配。

就连整夜不能入睡的夜晚，羡慕我还能翻看几页书。

我想她是羡慕我把苦逼的生活硬生生过出了诗的模样，酒照喝，书照看，孩子照管，几样不耽误。

她问我：难道你就天生不知愁滋味？

我捂着嘴巴笑了，我哪里是天生不知愁滋味，只不过是学会了苦中作乐罢了。

如果改变不了一地鸡毛的现状，那不如就和生活跳一支舞。

其实我的内心何尝不苦楚呢？她又怎么会知道我疲惫不堪的身躯呢？也不会知道我曾走在夜色里忽然眼眶湿润了。

其实谁的生活都不容易，撕开了看都是一地鸡毛罢了。

光鲜亮丽从来只在别人的眼光里。

只不过我想在一地鸡毛的生活里，努力地让自己过得从容一些，随遇而安一些而已。

生活杂乱，我还是希望自己尽量过得有滋有味；前途荆棘满地，我还是愿意唱着小曲前行。

只要和爱的人在一起，其实随便哪里都可以是家，只要心中住着希望，一地鸡毛里也可以跳一支舞。

前几日有一个女朋友的婚姻亮起了红灯，她说生活实在是太累了，为什么看到的都是别人的光鲜亮丽，而自己则一败涂地、一地鸡毛。

婆媳关系的破裂、夫妻关系的僵持、养孩子的焦虑、工作的不如意、生活的不理想。

总之诗和远方就不要提了，眼前的苟且都成问题。

聊天里特羡慕像我这样的一种人，工作、生活两不误，还能追求一点梦想。

我说其实我现在的好只在你的眼里，于我自己而言，生活就是生活，一样的一地鸡毛。

这个世界上的每一个人，每一个家庭，都不是你认为的那么不食人间烟火，都不是本来就神仙眷侣。

仔细去看谁家不是忙得不可开交，不是琐碎呢？

寻常人家，百姓烟火，只不过是在柴米油盐里调生活。

只不过有的人喜欢抱怨，有的人选择欣然接受，有的人拼命想拂去身上的鸡毛，有的人则学会了在一地鸡毛的生活里跳舞。

如果可以把一片片羽毛想象成一片片雪花不是不可以。

就如同小时候，我以为长大后的生活会像一颗棒棒糖，绘着五颜六色的美丽，吃起来一圈一圈的甜。

后来我长大了，知道生活除了表面的光鲜亮丽、香甜可人外，也会有焦头烂额和一地鸡毛，还有苦涩的味道。

而一地鸡毛的生活却是人生的常态。

很多时候你在仰望别人幸福时就像手捧着一只洋葱，看着它长得粉红可爱，纹理清晰的，可是你若仔细一层层剥开，其实也会鼻酸，会流泪。

然而总有生活的高手一边抹着眼泪，一边细细切开洋葱的心来，最后放在锅里打几个鸡蛋一炒，变成了一道色香味俱全的洋葱炒蛋。

　　而我也只是想把一地鸡毛当作雪花一片片飞舞，在不安的世界里温柔地笑一回，在生活的一地鸡毛中，选择跳一支舞。

　　你无法改变一地鸡毛，不如和生活跳一支舞就好。

他若不爱你，眼泪最卑微

曾经有个女孩问过我：在不爱的情感里什么是最卑微的行为？

我想大概是"流泪"吧。

在一段感情里，无论哪一方不爱，另一方的眼泪在对方眼里都会显得毫无意义。

单相思如此，深爱过的人亦如此。

曾经有多少爱奢望用泪水去换回心意，曾经有多少人奢望用泪水去求得一份卑微的怜悯。

然而现实根本不会为眼泪而动心。

那些不爱的人，走远的心，就算你费尽心思流干了泪水也只是你一个人的演绎而已。

走远的感情像飘走的云，而你不是风所以也不要奢望云会回头。

这些年听过不少朋友的爱情，也写过很多他们的故事。

那些年听过的关于那些羞涩的或者甜蜜的抑或痛苦的情感故事，就像一条条支线交汇在人生的各种阡陌里。

而顾雪涵的故事，我至今印象颇深。

她在一个天色烟灰的雨天里给我讲了那个她痛了许久的故事。

那个雨天，雪涵的故事让我难过也让我觉得眼泪在一个不爱你的人面前是多么的卑微和无用，哪怕那个人曾经那么深那么深地爱过你。

1

林海是雪涵的男朋友，现在准确地说是前任。

她和他当时就读于同一所大学，在大二的某一天下午于校园图书馆里邂逅。

当时顾雪涵坐在一张靠窗的桌子上，正在聚精会神地看一本三毛的书，而林海则拿着一本金融学方面的书籍漫无目的地寻找空位。

顾雪涵抬头的时候，林海的目光正好落在她的身上。当时阳光帅气的林海对她不好意思地笑笑，顾雪涵的心里就似湖心被投了一颗石头，瞬间漾开了涟漪。

林海后来掠过雪涵身边坐在她的旁边，雪涵心里一抖，仿佛林海的心里也有一抖。

两个人故作镇静默默地看着书，没有交流。

只是时不时会目光相遇，相遇时都露出那种一见倾心的笑容。

也许爱情总在突如其来的相遇里悄悄地萌芽，也在莫名其妙的心动里开始成长。

雪涵就是在那一刻开始悄悄地喜欢上了坐在身边的林海，而林海对眼前安静如幅画的雪涵更是产生了倾慕之情。

之后他们经常在图书馆里相遇，说不清是有意的还是无意的，也像事先说好了一样坐在一起。

仿佛雪涵旁边的位置就是故意空给林海的，而林海在偌大的图书馆里好像也只能找到雪涵的那一边空余地。

仓央嘉措说：最好不相见，如此便可不相恋；最好不相知，如此便可不相思。然而尘世里的爱情又怎能简单如此？

毕竟爱情来了挡也挡不住。

雪涵和林海相爱了。

相爱后的林海给了雪涵无微不至的照顾，也给了雪涵很多学业上的指点。雪涵自然也给了这个走进她心里的男孩很多温柔和鼓励。

2

爱情的快乐让两个人蜜里调油般缠在一起。

经常会旁若无人地在公交车站里紧紧相拥，也会十指紧扣压过条条马路；会一起窝在图书馆里看书调情，也常结伴去附近的山野城乡郊游。

雪涵说她身体不舒服的时候，林海就一整天一整天地陪护在她身边，给她买好吃的，给她讲故事。

心情不佳的时候林海会找来各种视频段子逗她笑，这样的林海让她感到踏实、温暖。

她曾无数次感谢过上苍让她遇见他，并能够爱着这个男人。

比很多在大学里恋爱的同学幸运，毕业后他们没有经历两地分离的苦楚。

雪涵为林海留在了这座城市，所以他们还是爱在了一起。

林海是本地人，但是为了雪涵，他没有住在家里，而是选择和雪涵一起在外面租了一套单身公寓。

开始了同居生活的他们，爱得比以往更加的浓烈。

像每一对新婚燕尔的小夫妻一样缠绵在这小小的出租屋里。

白天出去工作，夜晚回来缠绵。

那时候天长地久在雪涵的眼里是可以期盼到的幸福。

她觉得自己爱林海，林海爱自己，这是最好的爱情。

毕业后雪涵在一家外贸公司做业务助理，而林海则进了一家金融机构工作。

雪涵朝九晚五，每一天早早下班去市场里买菜做菜等着林海回来。

林海有时候加班，雪涵就一直等他。

按理来说，爱情到了这里是要被我们祝福的。

可是现实往往不是这样安排，林海公司里的老板看上了林海，想要把自己的女儿介绍给林海。

林海一开始是极力推脱的，后来见了老板的女儿后有点发生改观。

原本觉得可以做朋友，毕竟是老板的女儿他不想搞得太僵。

有心的老板几次撮合他和自己女儿相处的时间，特意安排了一些工作上的事情交给林海和她共同完成。

那时林海并没有说自己有女朋友。

后来不知道从什么时候开始，林海回家的时间越来越晚了，出差的时候越来越多了，也开始对雪涵少了关心。

雪涵总觉得哪里不对，但是每一次和林海面对面在一起时，他还是那么温柔地对她。

雪涵想着是不是自己疑心病太重，一定是自己多心了。

林海那一天是什么时候回来的，雪涵也说不清楚，只是清晨她推开房门的时候看见林海睡在地板上，一身的酒气，而衣服则凌乱不堪。

雪涵说林海这些年从来没有对她隐瞒过什么，也没有说过讨厌过她什么。

但是眼前的情景，让雪涵第一次感到了恐慌和不安。

现实总是给相爱的人冷不丁的一巴掌，以此来痛醒迷惑中的人们。

雪涵翻了他的手机，里面还有林海未删掉的信息，里面有他对那个女孩赤裸裸的爱意，更有对方亲昵的温柔。

雪涵想起了当初他们认识时候的样子，想起了这些年说过的情话，再看看这些，仿佛一记耳光打在她的脸上。

那个女孩雪涵仿佛见过，她苦思冥想后想起她不就是林海那个公司老板的女儿吗？

3

雪涵是带着泪水说那一段故事的，她当时就觉得这些年的爱情像是一场讽刺。

她不相信林海是那样的人，然而林海现在带给她的又是什么？

她更做不到不问林海究竟，她没有那么理智，她一定要林海说清楚这些年两个人的爱算什么？那个人又算什么？

林海酒醒后看见雪涵坐在地上，看着自己挪动了位置的手机，知道发生了什么。

他没有隐瞒，给了雪涵要的交代。

而所谓的交代就是承认了和老板女儿的另外一段感情。

他表示很无奈，他说他的事业需要他爱这个女人，而且他发现她比雪涵更适合他，而他以为只是逢场作戏却假戏真做，爱上了她。

这一次的爱，林海说是真的，他对她表示很深的道歉。

什么狗屁的解释，当时听到雪涵讲到这里我满心的愤怒，然而雪涵说她反而很平静。

她爱了这个男人前前后后有五年，在这过去的 1825 个日子里她深爱他到骨髓，她的世界早已经是林海给的世界，她的爱除了林海早就没有地方可以安放。

所以雪涵面对林海的坦白竟然表现得出奇的平静。

她甚至也不知道哪来的勇气选择了原谅。

还强迫自己认为这一切只是一个梦，想自己只要乖乖地回到卧室，乖乖地去厨房给林海烧可口的早餐，林海就会告诉她这一切是假的。

她觉得只要自己在林海面前乖乖地待着就好，像平常一样地等着他下班，给他端出可口的晚饭，林海就会回来。

他爱她肯定是事业受阻迫于无奈，他爱她肯定是一时鬼迷心窍。

毕竟他和她也是爱着的，也是真切走过 1825 天的。

也是说过天长地久的。

从前林海舍不得她哭，她一哭他就害怕。

现在她哭着求林海，想林海一定会念及过去的日子而对她回心转意。

雪涵以为她只要假装林海那一天早上说的话是假的，事情便会是假的；雪涵以为她那样地委曲求全，不吵不闹林海就一定会难过。

然而并没有，林海自从说出那件事情后就基本不回家了，他不是成天出差就是躲在办公室里。他虽然也很难受，但是一个男人的心意已决要比一个女人的喋喋不休可怕多了。

他开始不接雪涵的电话。

爱情来得太突然，走得也太突然。

让人有种始料不及的惋惜和疼痛。

当空空的房子冰冷的墙壁残酷地告诉雪涵那个爱过她五年的男人变心了的时候，她绝望极了。

她见不到林海，就去林海的公司楼下等，她见着了林海就苦求林海回来。

雪涵说她知道自己的家庭没有那个女孩好，她愿意为林海去加倍努力赚钱，也可以默认他和那个姑娘的关系，只要是林海逢场作戏就好，她都可以接受。

爱到卑微如此，如张爱玲遇见胡兰成一样要低到尘埃里去，然而张爱玲说要在尘埃里开出花来，可是顾雪涵却被冻死在尘埃里。

无数个夜里独自缩在被子里哭的她，把这辈子存的眼泪都给了林海。

然而根本没有换回林海的一丝情义。

雪涵说那段时光里她做了很多平生没有做过的事情，流了平生没有流过的泪水，求过平生最糟糕的爱情，受了最残酷的情毒。

后来她终于明白，那段爱情只是一场错误的相遇，那1825个日子只是一个梦，而梦终归要醒，但生活还要继续。

既然爱一个人的眼泪那么卑微，那又何必再苦苦去作践自己。

可是爱情里没有对错，也没有强制过谁一定会陪着自己天荒地老。

只有谁更爱谁多一点，或者谁不爱了而已。

有的人就是到你生命里来教会你一些东西，就像林海走进了雪涵的心给了雪涵爱，却又是那个给了雪涵大风大雨的人。

这个世界上在所有相爱的人眼里，一切都是美好的，你的作你的坏都会是独一无二的可爱和个性。

这个世界里同样在不爱的人眼里，你曾经被他看成独一无二的东西都会变成无理取闹的纠缠。

而眼泪更是没有价值的东西。

在不爱的感情里，你为他流的泪是最卑微的行为。

也许这就是爱情的毒，可是没有谁又可以为爱情这杯酒解毒。

那么是不是唯有爱来则爱，爱去随意，才能更好地抚慰心灵、安顿自己呢？

爱过的心无愧，留过的情有痕，这世上所有的相遇都是久别重逢，所有的离开都蓄谋已久。

如果不爱，那么放过自己，不要再用泪水假装还能换回情义。

转个身，带上微笑，摆出你的高傲，因为你值得更好的人。

挥别错的才能和对的人相逢，只要是对的人，余生都愿意再等。

青春无悔，爱有遗憾，只是再也不需要卑微的眼泪。

人生有盼头，
才会不自觉宽容了生活的苦

1

小的时候认识一位阿婆，是一个满脸写着沧桑却又对人生格外执着的女人。

她就住在我家旁边那条小巷尽头的拐角处。

她是一位寡妇，很早的时候就失去了老公和儿子，也因为那次突然的事故，让她几乎和所有亲人断绝了关系。

从此孤苦伶仃风里去雨里来，几十年如故，一个人执着守候着家。

听人们说阿婆的家人是在一次出海捕鱼的时候，在海上意外遇到了海底漩涡，小船体侧翻被海水吞没，属于死不见尸活不见人的那种事故，反正没再回来过。

阿婆撕心裂肺地哭了一阵子，没人能够安慰得了她。

倒是后来自己突然有了一百八十度的大转变，不哭了。

于是开始每天照常收拾好自己，收拾好家里，白天去干活，晚上做好饭摆上筷子等着他们回来。

只是依旧不允许亲人和邻里告诉她，他们已经不在的事实。

谁说跟谁急，很多人以为阿婆精神出了问题，其实所有的痛和苦只有她心里最懂。

就这样她干脆和所有人都不走动了。

阿婆去海带场晒海带，没日没夜地干活，就为了能在海边多停留一会，想着老公孩子能忽然从海的那一边走到她身边。

于是手被粗绳划破了长长的口子也不觉得疼，因为她说只要能等到他们回来什么都是值得的。

阿婆下地种菜种稻谷，人们劝她你一个人了，不用再种那么多东西，日晒雨淋的没必要，看到她拖着笨重的打稻机都劝她找个人家再嫁了算了。

这个时候阿婆会说，你们不知道不要乱说。嫁什么人呢，他们什么时候回来还不知道，粮食要准备好。

我还等着他们回来一起吃饭呢，这点苦算什么？

2

阿婆不知道何时学会了抽烟，一抽又咳嗽得厉害。

我认识她的时候就看见她一边抽着烟一边喘着气，用那双长满老茧爬满皱纹的手给院子的花草松土。

有一次我过去打招呼，其实也很想去看看那些花，不料却遇上阿婆忽然晕了过去。

喊了父母送她去医院才知道她一个人发着烧。

看着她瘦小蜷缩的身体，深陷的眼眸，干枯的手，突然很心疼她为什么要一个人那么辛苦。

自从这件送医事后，我和阿婆的关系忽然近了，后来又听说了一些她的其他故事。

于是在她心情好的某一天我鼓起勇气问她："阿婆，以前那么苦，你都是怎么过来的？"

我以为阿婆会不高兴，但是那一天她很温柔地说："我不苦，我一想到他们什么时候会突然回来就会特别高兴，心里比吃了蜜糖还要甜，有了这盼头还苦什么？"

那时那景，我终于能够去体会人们口里说的不解阿婆为什么这几十年要这样苦自己的心情了，更理解她再苦也要坚守这个家的原因了。

因为人生还有盼头，她就会不自觉地宽容了生活的苦。

她盼着家人归来，这是她活下去的力量。人一旦有个盼头，再苦再累都甘心情愿。

3

随着年龄增长，这句话越来越随处可听见，随着对生活的更多经历，也越来越明白这句话的含义。

遥远的人，身边的人，还有我自己，我们在这个世界上努力地活着，勇敢地追求着，不怨不悔，跌倒了爬起，爬起了掸掸灰尘继续。

哭着说笑，痛了擦点药水，各种自愈继续往前……

也许这所有的一切都应该也是我们心中有盼头，才会美好多过苦痛，才会宽容了生活的苦和累。

而抛开阿婆的这种盼头，我们的人生还有更多种盼头存在，有更多种和"梦想"交织在一起的希望。

这种盼头出现在所有人身上，包括我和我的母亲。

比如我的母亲患有严重的腿疾，从她孩童时候就开始一直影响到现在。她不能好好地走路，经常会全身疼痛，各种生活不便。

尤其是随着年龄增长这种苦痛更深。

年轻的时候也很苦。

我和妹妹出生的20世纪80年代，物质金钱都很贫乏，一切都需要非常努力，才不至于过得颠沛流离。

作为那个年代的农村妇女，她真的是非常辛苦的。要种地、养家禽、做繁重的家务、带我和妹妹长大，还要想很多办法去赚钱，供我们上学……

常常看见父母深夜还在昏暗的灯下低头做着外面带来的活，想多赚几元钱补贴家用。

那时我虽然小，但是心里都懂，我无法形容他们那时候有多苦，我想大多数父母都一样苦过。

但是我知道母亲经常会苦中作乐。

我印象最深刻的一次是她去服装厂加班回来，下大雨了，我去送伞，风很大，雨很大，我的伞被风吹跑了……

我一个人拼命在追伞，跌倒在坑洼的泥地里。

正要"哇哇"大哭却忽然发现母亲坐在不远处的地上，全身都湿透了，拼命想要站起来，却起不来。

我还是哭了，跑上去扶起母亲，害怕母亲走不了了。

而她看见我却说：别怕，只是累了渴了想喝点雨里的水再走……

可是后来很长时间她还是站不起来。

后来自然是我喊了父亲把她背回去的。

我哭着问母亲：你痛吗？痛就哭吧，我长大了一定让你过好生活。

母亲说：傻孩子，不哭。

我不痛，就盼着你和你妹妹早一些长大，读好书，嫁好人，健健康康的，我就享福了。

4

多少年后，当我想起那些年母亲的苦和风雨中母亲说过的话，还会情不自禁地哽咽。

但是我想我和妹妹就是母亲所有无谓苦痛的盼头吧。

所以每当我也觉得有些累了苦了的时候，我就想，我怎么能让她的盼头失望呢？

我长大了一定让她过好，不想让她对我读好书、嫁好人、过好一生的盼头失望。

所以我也无谓和宽容着生活的苦，满怀希望地追逐着我的梦想和盼头。

读书那会儿我特别努力，从学前班开始我就很认真，老师同学待我极好，我也想要好好读好书，将来能让自己做个有知识有涵养的人。

还想着读好书后能赚钱给父母花，那时候这是我的盼头。

后来种种原因没能走进心中向往的那所大学，心里很是难受，特别难受。

但是想着心中的盼头，就又开始了边工作边自考的漫漫求学路。

虽然过程很长、很苦，但是终有收获让自己满意。

记得 20 岁那一年刚步入社会工作，领的第一个月薪水还不足 1000 元，还包括了每晚加班所得。

而我却非常高兴，我把 800 元寄给了父母。

这是人生第一次读了书赚了钱能给父母花的喜悦，那些日夜加班的日子真的就不算什么。

不会忘记有一次不小心撞上单位玻璃门，玻璃刺进大腿十厘米深，割破了动脉，血流一地……

我硬是在昏迷里清醒、清醒又昏迷的状态中，坚守着自己的盼头，没喊一声痛，没告诉父母，也没哭一声。

因为我想我一定要活下去，我还有很多"梦想"要去实现，我还有很多美好要落实，怎么可以就此睡去呢？

于是万分坚强挺住伤痛过来了，而且在宿舍漫长的白天黑夜里折着千纸鹤收获着友情。

5

现在想想我更能理解阿婆的那股力量，因为人生有了盼头，所有的苦都是渺小的。比起盼头实现的那刻，一切的苦痛一点都不算什么。

现在那些苦痛早已经远去，我也在三十而立后，人生的很多盼头都一步步实现着。

嫁了好人，有了一个可爱的孩子，有份好的工作，读了很多书，能给父母好一点的生活，也还有时间写作。

一年一年有着新的盼头，有着新的起点……

之前开发新项目折腾了两年特别辛苦，动车飞机地出差于各个城市，每日每夜地苦思冥想，没完没了的方案计划和实操，没有成效的苦恼压抑，不被认可理解的苦痛都煎熬过身心。

但是一想到有一天方案成效、项目成功，那种滋生的喜悦就会盖过所有的日夜不休的内心之痛，哪怕仅仅只有一秒的光辉也足以穿透那些包裹成茧的苦。

因为你充满力量，而后见证了自己的坚持是对的。

生活安定后，我又复燃起我的文学梦。

那是完全属于我一个人内心的追逐，情怀的盼头。

我开始码字，写很多温暖的或者有意义的故事，记录一些有趣的或者讨厌的事情，行一些天马行空的想象，也有一些鬼灵精怪的语句。

我不知道会有多少读者，也不知道会有多少人支持，但是只有那么几个也甘愿。

很多人说你一有空余时间就写这些那些，还写得那么认真又没什么稿费，还真的想做作家吗？太难了！那么辛苦干什么，失落多于希望的事情还不如逛会儿街喝点茶做做养生。

不，我既喝茶也逛街会养生但更会继续写。

就算一次次投稿一次次被拒也没什么，那真的仅仅是自己的梦想和喜爱。

何况你还有过文字被推荐被上美文被转载被传播的时候，何况你还能因为写作认识那么多一样热爱文字和生活的朋友。

后来从业余写作走到自媒体人，成为专栏作者、筹备新书……

6

喜爱的东西就不能和值得或者不值得相提并论。

因为喜欢了就不计较值不值了，你有的只会是过程的快乐，哪怕是苦得一塌糊涂也因为有追求有可以为"梦想"而战而充满力量和无所畏惧。

回过头看着那一篇篇用心写过的文字，往前看还有更多的故事可写，这何尝不是一种财富。

何况吃过的苦盼着的事万一实现了呢？怎能错过可以努力和追求的时光呢？

人生应该要有盼头，才会有更多的无怨无悔的付出；人生应该需要盼头，才会让自己更好地去宽容生活的苦。

思想的世界里美好多过埋怨总会是一件快乐的事，才会滋生更多的力量去原谅不幸、不公、不完美，也会更好地想要保护身边的人，也会因此更好地努力追求好的生活。

我盼望一顿美好的晚餐，我就会花心思买菜洗菜用心烹饪，虽然油烟会呛人，虽然冬天手会冷，但是晚餐摆上桌面因你付出而丰盛的时候，大概只有快乐吧。

我盼望有次全家旅行，于是这几个月会更加努力工作更想多创佳绩多点收入，身上会打满鸡血，到旅行时就好好地享受，哪里还会去在乎那几个月有多苦。

我盼望有一天和先生一起能够住进我们所盼望的家，有一块地供他种花种菜，有一间房供我书写阅读，有一壶茶品茗时光，有两杯酒我们对饮……有一个娃供我们再生盼头……

你有盼头吗？我有，我还想开出美丽的花……

你可知道，有一个人比你想象中更爱你

大千世界，幸福斑斓，有一种爱总是安静地守护着你，教会你人世间最美好的相守——父母子女天伦之爱。

昨天夜里，出差回来，想起孩子还在培训班里学琴，于是来不及回家卸去沉重的行李，就一心直奔他所在的地方。

先生在等候厅看报纸，抬头见到我很是吃惊地问："你怎么来这里了？没有直接回家？"

我说："想给你们一个惊喜啊！"

其实心里矫情地在想，有你们在的地方就是家啊。

先生放下报纸会心一笑，十有八九猜到了我的那点心思，不就是想念孩子了嘛。

因为我们一直都觉得我们很爱他。

于是一如既往不点破，来接过我手里的行李。

除了行李，还有一个从动车上带回来的小餐袋。

餐袋里留回来一包牛肉干、一包杏仁干，还有一包小蚕豆，饼干和小面包我在车上吃了。

牛肉干是先生喜欢吃的，杏仁干是小辰喜欢吃的。

从前每一次出行，我也总是会把飞机上或者动车上乘务人员分发的小吃食留回来。

因为小辰在他很小的时候，总是会问，妈妈飞机上吃了什么，火车上吃了什么？后来我干脆就带回来给他看，告诉他我吃的是这些。

后来他长大了，也坐过飞机和火车，也会知道小袋子或者小盒子里装的是什么，但是这个习惯却被我保留了下来。

也许这也是每一个做了妈妈的女人心中最为柔软的一部分，想把好的、有的都留给孩子。

因为对我们而言，那是我们爱他的一种方式。

下课的时候，小辰从楼梯里下来，看见我在等他，立马欢快了几个度，露出比他爸爸还要纯粹的欢喜之色。

他说："妈妈，你怎么来了？不是 7 点多打你电话的时候还在动车上吗？太开心了，晚饭吃过了吗？"

我连连点头，和他一样的欣喜，身体的疲惫荡然无存。

他爸爸拿出小吃食给他告诉他，这是今天你妈妈给你带回来的小点心，爱心点心哦。

他立马拿了盒子过去。

看着红红的盒子，外面印着大大的中国铁路字样，再看看里面的小吃，一脸的幸福。

孩子的世界里，幸福来得很纯粹，爸爸或者妈妈的一个小关心小陪伴就能让他们溢满开心。

他把牛肉干给了爸爸，把杏仁干打开，拿出几颗杏仁干塞进我的嘴里，然后再塞进他爸爸的嘴里，再塞进自己的嘴里，然后一蹦一跳。转过身开心地说："妈妈，这比平常家里茶几上放的零食要好吃。"

我说为什么？茶几上也是有杏仁的啊。

他说，今天的是妈妈从动车里带回来的，有妈妈的爱。

我笑着摸摸他的头，感觉一刹那孩子就长大了。

一路上他跟我聊了他这两天在学校里的情况，语文考试了，英语考试了，成绩多少分，班级里发生的趣事，同学们的小状态，托管班的情况……

毫无保留，不需要过滤，随心地滔滔不绝，不像成人的世界，爱一个人还需要思前想后，衡量利弊……

回到家的时候，先生给我去厨房热了饭菜，小辰拿出一个本子，说："妈妈，你这几天写作了吗？"

我说写了一点，不过太忙，妈妈没有发表。

"前几天听你说没灵感，我这几天特意看了很多课外书，给你摘抄了很多好句子哦，你看……"

一本黄色扉页的横条作业本呈现在我眼前，打开，密密麻麻一些铅笔写的文字，一笔一画有他的心意。

他一条一条地朗读给我听……

1. 古谚语：久雨大雾必晴

2. 是金子到哪里都会发光

3. 一个人要学会勇敢去面对，才能走出想要的天地

4. 爱，就是我能给你我拥有的全部，你能给我你拥有的全部，

然后放在一起，变成了世界上最漂亮的彩虹……

5. 如果有一天，我们在沙漠里迷了路，请你千万不要慌张，不要到处走，可以朝着北斗星的方向走，就会找到出路……

6. 少小离家老大回，乡音无改鬓毛衰

7. 野火烧不尽，春风吹又生……

等等，等等，足足二十几条，他不厌其烦地读给我听。

比我耐心，比我仔细。

对他而言，只要妈妈需要，他都不会想到累不累的事情。

他跟我说，妈妈怎样？如果这里没有你的感觉，我还有一本书哦！

小辰在托管班作业做得很快，于是能够省下很多时间来阅读课外书，现在竟然也会因为我而读得更多，还顺带学会了摘抄句子的习惯。

书是问同学借来的，他觉得里面的故事很好，想与我一起分享。

那一刻，我眼眶湿润，心里特别欣慰，小小的他已然有着大大的爱。

很多时候，大人们总以为自己有多爱孩子，把所有忙忙碌碌的日子都归咎于孩子……

其实孩子比你想象中更爱你，比你爱得更纯粹，爱得更加毫无保留。

你的世界很大，装着很多人，爱也要分得尽可能均匀。

他的世界很小，你是他的全部，爱也爱得全心全意。

后来我签过作业本的作业，检查了语文试卷，看了英文试卷，陪他一起读了几个书中的故事，然后看他安然入眠。

守候在他的身边，像小时候那样看着他，看着熟睡中的眉眼，看着轻轻哼起的鼾声，看着他的手安心地舒展开……

夜很静，而我的思绪不静。

人们总是会问，我们为什么要结婚？

为什么要有一个家？

为什么要生孩子？

为什么要拼尽全力地生活？

或许是因为这一刻我们守护在一起，彼此感受到的亲情温暖吧。

世界上最好的爱，是亲人之间的爱；世界上最好的家，是家人守候在一起的家。

我爱你，你比我想象中更爱我，这就是一生追求的小幸福。

因为这样的时刻，没有什么可以再阻挡我们追求幸福的脚步，没有什么再可以打垮我们心中的世界，没有什么会再让我们孤单害怕不勇敢，没有什么会影响我们的坚定，还有内心生出的无限柔软。

记得每一次过马路，我远远地看着小辰自己走，发现他会观察四岔路口的交通指示灯，绿灯亮起的时候却总是回头牵上我的手，不是他害怕，而是他担心后面的我。

每一次我去接他放学，书包沉重，他总有一段路坚持要自己背，说下一个路口开始交给妈妈。

每一次我有点头痛脑热，他就会拿出温度计，要测量我的体温，怕我发烧。如果我发烧了，他就会去冰箱冰凉毛巾敷在我额头上，安心地说，因为爸爸妈妈也这样爱我。

每一次去菜场，他会叮嘱他爸爸，记得买妈妈喜欢的菜，然后再是自己喜欢的。

每一次我不在场的婚礼，有好吃的东西，也会像我一样带回来，给我讲现场，表演节目得到了什么礼物，还会惊喜地送给我……

每一天会陪着我讲一个故事，聊聊一天的学习和生活，每一天会在我睡不着的时候，摸着我的头发轻轻哼起摇篮曲。

这是我儿时唱给他听的，现在再唱给他听，他会连连摆手说，那是婴儿听的，羞不羞？

结果他却会唱给我听，会把我当婴儿。

原来这世界上的每一个孩子都是上天派在我们身边的天使，不是我们生了他，给了他多少爱，付出了多少心血，而是他教会了我们爱一个人还能体会如此美妙的时刻。

这是他带给我们的赐予，是人生路上最珍贵的礼物。

我们用大大的身体为他遮风挡雨，他用小小的灵魂撑起我们的信念。

稚嫩而坚韧的灵魂，弱小而不畏的心灵，因为对你的爱而延绵不绝，从而健康地长大。

像一颗颗夜空里的星星，照进每一个父母的心里面，免我们苦难，免我们孤独，免我们不安……

而你，是不是也知道，有一个人比你想象中更爱你。

所以你多么幸福。

万千光亮不抵尘世烟火

先生问我饿不饿的时候我正在看顾城的诗。

诗里说："我多么希望有一个门口，早晨太阳照在草上，我们站着扶着自己的门窗，门很低太阳却很明亮，草在结它的种子，风在摇它的叶子，我们站着不说话就十分美好。"

此时我也没有回答先生饿不饿，而是倚在厨房的门栏上傻傻地看他。

他做他的菜，我偷吃着菜在看他，彼此不说话心里十分温暖。

袅袅烟雾随风去，道道菜香扑鼻来，尘世烟火自是两个人的柴米油盐酱醋茶，而心中的温暖早已越过窗外明亮的太阳，千山万水地蔓延开去。

小时候我常常躲在一旁看妈妈做饭，然后闻着香喷喷的饭菜等爸爸回来。

记忆中爸爸要是没到场，这饭就不开锅，好像妈妈的饭菜只是为他一个人做的，而我就像一个只是负责出门打酱油的宝宝。

只是看着爸妈把菜你一筷我一筷地夹到我的碗里时才方觉时光的好。

长大后，因为学业留在了一个城市，空暇时也想学着做菜，想着有一天也可以像妈妈一样做一桌可口的饭菜，等着心爱的人回来一起品尝。

一直听妈妈说只有调和得了生活琐碎养得住男人小胃的女人，才更容易得到幸福一些。

只是天资愚钝如我，洗个鱼都能洗出上吐下泻来，切个菜都能切出花样破指法。学成精湛的厨艺，养住男人小胃，似乎成了那时我淡淡的内伤。

我想我一定是笨极了，没有遗传我妈的丁点儿厨艺，而不会做菜的臭毛病却是一堆。

想着这一生该被那个未来的他"嫌弃嘲笑"了。

退而求其次，想着凑合着烧，找一个能将就吃我菜的男人就行。

这一切直到遇到我先生，来了个大逆袭。

记得初遇他，刚退伍回来一身正气凛然，清瘦的脸颊上满是坚定的表情。

原以为这样的他一定也会有些大男子主义，不曾想也是青涩单纯得可爱。

有一次先生申请到我住处吃饭，原本想弄一桌没有鱼的饭菜招待他。

却不曾想，他二话没说，抢过围裙系在身上，袖子一挽，菜一拎，水龙头一开就开场了。

动作娴熟，表情自信，我惊呆得连客套都没有时间。

再看先生那快意江湖的刀功，五花八门的配菜，淋漓酣畅的翻炒，那一刻我彻底被打败了。

原来让一个女人芳心大动是一件非常容易的事情，并没有传说中那么纠缠复杂，只要一个洗手做羹汤的动作，只要一个回头对你笑的表情足矣。

从此我沦陷在先生的各式菜肴里，两颗心在尘世烟火里相吸，嗞嗞火苗，灿烂阳光，都仿佛没有他脸上温润的眼神明亮，也不抵他从此执意温暖我的心。

2007年深冬，宁波大雪纷飞，外面天寒地冻，而我临盆在即。

窝在家里的我见了红，心中却显冷静，因知先生就快回家。我们赶去医院入住，因为当天医院里病房紧张，我被临时安顿在长长的走廊里。

一张90厘米宽的床，我和他挤在一起甚是开心。

等了两天肚子仍然没有动静，而走廊内外却结识了很多朋友。

说说笑笑一点不像在待产的夫妇，更像是在经历一次别样的旅程。

有一天早晨我去洗手间取样，先生在床上。

护士小姐朦胧中没看睡着的人的脸，只喊伸出手来抽血……

那人最怕打针，一屁股坐了起来，护士小姐的肚子都笑疼了，调侃着先生："今天周先生生宝宝吗？"

只见他满脸绯红藏着手臂，站在一旁的我也笑得不行，那时候我多么想让先生也大着肚子生一次看看。

转入病房的当晚我羊水就破了，肚子也开始一阵阵地疼起来，一直坚持要自然分娩的我不曾想会有那么痛，会痛那么久。

从凌晨两点开始先生一直握着我的手，没有离开半步，直到中午时分,疼得满头大汗的我被护士推入产房,他就一直守在产房外面。

进出的医生劝阻过先生几次不要站在那里,而里面的我一下子疼一下子不疼挂起了催生针。

疼得不行的时候我左右乱捶,那个时候我多么想剖腹产,门外的他似乎听见了我的心声,硬是将门上的密码看着医生进出时偷偷记了下来。

门被打开了,他一头闯入产房,对着医生嚷:"给我老婆剖腹产吧,给我老婆剖腹产吧。"

终是被医生赶了出去,而那一刻我疼出冰冷汗水的手却忽然温暖了起来,心中充满了爱的力量。

17个小时后,我顺利产下一名男婴。我对着哇哇大哭的宝宝含泪而笑,安心满足地躺在观察室里。

听进来的阿姨说:"刚刚你的先生都哭了!"

那一刻我知道,这一生围城内我甘愿和他平凡知足下去。

窗外阳光明媚,有微风吹拂进厨房小窗来,先生端着一盘葱烤鲫鱼回头。

见我吃得津津有味,暖暖地说:"某人,你又偷吃。饿了吧!马上开饭!"

餐桌上爬上一个小小的身影,一只胖乎乎的小手伸进盘去,被先生一个"不许"无趣缩回。

"等妈妈一起吃!"说话间我仿佛看见那个曾经爸爸不来我就吃不得的打酱油宝宝,现在也多了这样一个小人儿。

摆上了碗筷,一桌美食。

我痴痴地对着眼前人笑，笑一室馨香暖岁月，笑一怀感恩记心尖。

窗台上草在结它的种子，风在摇它的叶子，我们坐着一起吃饭。

外面光亮万千，不抵此刻尘世烟火里岁月相守中你一颗暖暖的心。

你以为过不去的恨和结都被微笑解了锁

古人语：冤家宜解不宜结，何况还是曾经相交甚好的人。

虽然很多时候，我们也会躲在深夜的被子里对一个人怨恨得不行，但第二天起来又习惯了相逢一笑泯恩仇。

因为每一个人的心里，永远有一杆天平，爱重于恨。

1

不知道你有没有这样的时候，和一个相亲近的人不知为何吵了一架，然后把陈年旧事翻个遍也不能解气，会辗转难眠在夜深人静的时候忽然决定，再也不想和他多说一句话，见一次面，恨到咬牙切齿，决定以后的人生、各种场合，有他没你，有你没他，最好此生都不要再相往来。

可是某一天的某一个地方，猝不及防地相遇时，对方一个微笑，你情不自禁地舒展了绷紧的脸，忽然发现那些你导演过的见面场景中一万种的你死我亡的方法都得到了否决，统统都走了样，心中的恨意随即也烟消云散，莫名其妙地又会浮现往日的情意绵绵、相交甚欢、互相关照来，如此这般种种，仿佛人生剧情的逆转。

不免心中暗自感叹："哦，其实也没恨到要老死不相往来，毕竟之前还是很好的嘛。"继而又这样走在了一起。

那些没有继续走在一起的人，大都也有了互相的理解，或许再也回不到曾经，但是至少也不带有遗憾离开。

管他争吵时血雨腥风，甚者大打出手也不例外，再相见若还能相逢一笑也就各泯了心中恩仇。

心中有了理解和宽容，脚下的路也就不再泥泞纠缠，走得也轻松几分，而那一颗你拧巴过的心也得到了释然，背负的枷锁就轻轻地放下了。

那些自导自演的解气方式，自导自演的永生不见，也就毫无功力支撑，像一阵风吹散了阴云密布的天空，露出了晴空日丽。

这或许就是鲁迅先生的诗《题三义塔》那句"度尽劫波兄弟在，相逢一笑泯恩仇"吧。

2

人生在世，总要依附于亲情、友情、爱情，谁也不必感到难为情，谁也都有红过脸、吵过架的时候，往往对象就是那个走得最亲近的人。

就在前几日有一个读者朋友和我说：

婉清姐，我最近很郁闷，和闺蜜吵架了，她怎么能在背后说我坏话呢？我听到是她说的时候简直肺都气炸了。你要知道我们是那种好到形影不离，好到内裤都可以互借的那种，你理解吗？

结果她却在人前说我的不是。我和她大吵了一架，把一杯凉水泼在了她的头上，她也把一本书砸在了我身上。

我们友尽了，以后桥归桥路归路，打算永不相见。

但是我心中真的很受伤，也很为这段友谊惋惜，她其实是我从小一起长大的发小啊，我们参与了太多的曾经，现在却落得如此下场。

最亲密的人成了最陌生的人，这世界上最熟悉的陌生人。

3

想起贺兰进明《行路难五首》一诗中的句子：人生结交在始终，莫为升沉中路分。

当初结交朋友的时候一定是打算要一辈子，始终在一起的，如果心意还在，就不要在中途因为自己的一些问题，草草分道扬镳了。

我说：要不要先有一个姿态，道个歉，毕竟这份友谊来之不易，又不是什么大的恩怨，或许她说这话的时候只是无心或者着急呢？

她说：我想过，但是心里过不去那个坎。那一天吵得不可开交，狠话都撂下了，谁去示好，不就失了面子？

其实我们真的都吵过架，也不缺乏主动示好过，也曾经以为会是那个没面子的人，但是真的是这样吗？

其实真的这样做的时候，却发现面子值不了几个钱。相比挽回一段感情、一段友谊、一份亲情来说，太微不足道了。

深交过的人才会爱，也会痛，但若真的在乎，爱便会大于心痛。心中但凡还有一丝丝情意，柔软就不会消失殆尽，怎能说不相见就不相见。

你和她的心结之间，只差一个微笑来解开。

4

后来在一个写完字的晚上想起这件事情，问候她，如预感。

她说：早就好了，那一天在微信里主动给她发了一个微笑的表情，她就给我说了一段长长的道歉。其实想想自己确实有缺点，她说的也不全是错误。

那时我就知道任何人之间，如果植入一份理解的话，宽容就多了，爱也跟来了。

最好的关系是我懂了你的不容易，理解了彼此的苦衷。

5

妹妹前阵子和妹夫吵了架，吵架的原因是因为妹夫的姐姐，她的大姑子干涉了她的婚姻，对她趾高气扬地说了不好听的话，而妹夫却谁也没帮，没事人一样。

她感到自己孤身一人嫁过去，有些委屈。

和大姑子的吵架其实是因为婆家的一些琐事，根本不是大的事情，但是妹夫的姐姐却以一家之主的身份训了她，后来变成了大事情。

当时在微信里吵得不可开交，把最伤的话都给了彼此，继而心中积怨，矛盾升级。

话说仇人见面分外眼红，终于在家庭聚会时，言语不和，再一次爆发了。

当时妹妹也说过，今生今世都不会和她再要见面，受的气都会用往后的冷漠来还，如文首所言，以后场合，有她没自己，有自己没她。

一个人伤心带个背包去了次旅行。

回来后剖析问题，自始至终母亲说，一个巴掌拍不响，你的眼里是怨恨的时候，对方能好到哪里去？

嫁人一辈子，不是过得水深火热，何必轻易放弃，何况是婚姻外的人。冤家宜解不宜结。

后来亲戚搭桥安排了一场饭局，两个人杯中酒端起，互相碰一个，彼此一笑。

无声胜有声亦可，心结就自然打开了。

再回首，我想她们两人彼此也一定恨极了那个把狠话说绝时的自己。不是一家人不进一家门，至少也是缘分。

6

这一生谁能不吵架、不矛盾、不哭泣、不怨恨？

但是回首岁月，却是温柔多过刺痛。

玫瑰有刺，你欣赏的却是它的娇艳和芬芳。

当年吴宗宪和黄子佼之间唇枪舌战，互相诋毁，炮轰彼此，结果理解过后，再拥抱，还不是相逢一笑泯恩仇。

他和他都是才华横溢之人，互相维护好过相互伤害。

有人说：退一步海阔天空，忍一时风平浪静。这世上哪有那么多深仇大恨，多的却是鸡毛蒜皮的摩擦，观点不和而已。往往被事情本身气死的少，被后来言语相向气死的多，多的是不甘心不服气罢了。

捏在一起也挤不出多少事情来，不是吗？

有人的地方就是江湖，江湖上必然少不了恩怨情仇，很多时候，心中心结，彼此恩怨，只差一个相视而笑。

你以为的那些老死不相往来的恨和结，都会被微笑和时间来解锁。

修为是一个人最好的门面

谁不想要门面，但是门面不是有钱有地位有名誉就算，真正的门面是一个人自我的修养和为人处世的品格，是一种叫人格的魅力，熠熠生辉！

在我居住的城市里，有一处夜排档，每当夏日来临时便会迎来很多客人，大都是慕名这里的小海鲜、徐徐江风的凉爽，以及独有的小夜上海味道而来。

我也不例外，偶尔会在夏日的某一个周末晚上，随家人或者三五朋友来此，点几个海鲜，要几瓶啤酒，再来一盘花生米，坐在那里吹风、聊天、吃饭、话家常。

有一次去的时候，坐在江边，晚上八点左右的时候隔壁桌来了一些穿着非常讲究的人，大概也是慕名这里的气氛而来。

我去洗手间的时候，路过停车场，见他们一行中有一人折回停车，嫌坑洼的地面和拥挤不堪的车位将他那辆锃亮的宝马740停出了内伤，正在轻声地骂咧。

后来我回来的时候，隔壁桌早就坐四个男人，谈笑自如开席。

看上去像万花丛中的一点绿，显得尤为醒目。

穿着得体，谈吐优雅，佩戴考究，是那种一眼就觉得很体面的人，门面做足。

因为露天，一桌连着一桌，他们说什么我这边都很清楚，没有几分钟就知道了那几个都是一些功成名就的企业家，和他们儒雅、得体的外表也甚是吻合了几分。

后来整个夜宵期间，他们再聊的事情大抵也是很门面很光辉的事情。

有一个人说：今年大环境不好，但是我们的公司却是逆流而上，取得了不错的收益，所以打算在哪里再租用一栋大厦，扩大一些办公场地，门面肯定得气派。

有一个人说：家里新入了一套不错的房子，原来住的那一套觉得不够一家人活动，干脆就搬过去住某某小区的那栋带院子的吧，反正这个门面也是需要的。

还有一个也在聊他的事业、今年的打算，甚至想到了要拓到老家去发展一些实业，买一些地皮，在家乡人面前混个样子出来是多么要紧的事情。

关于这些我后来就一直不能再听什么，各自聊天去了。

我觉得他们聊这个好像也是最妥帖不过的平常事情，如同我们几个女人在一起聊孩子、聊先生一样普通和般配。

光鲜亮丽，功成名就，门面能一次性让它们串联在一起，没有什么不自然。

再说我们生来都无法回避要门面的事情。

然而后面发生的一些事情却来了个180度转弯。

夜排档里常有卖花的女孩，以及抱着吉他、拿着一本乐谱的唱歌人，还有一些职业乞丐。

大概人家也是看他们又体面又优雅，想着一定是非常有修养的人，能讨个好彩头，赚几元小费。

所以这个来卖花，那个来行乞，还有问着要不要点歌。

也许是打扰到他们聊天，其中一个早就不耐烦地叫他们滚蛋。还有几个一开始还耐着性子，轻声警告，后来干脆也是破口大骂，连连摆手，甚至推搡着。

后来话语越来越难听、越来越不堪入耳的时候，我们起身离开了。

忽然觉得刚刚在他们身上的儒雅、得体、光鲜一下子逊色了，觉得不再熠熠生辉，反之像有道黑线在前面晃荡，形成了鲜明的反差。

让我想起他们刚刚谈的门面，总觉得哪里有说不出的不和谐。

因为我总觉得真正的光鲜亮丽是一个人的品行，真正明媚的门面一定是个人的修为。

而金钱地位和荣耀如果失去了这些最根本的东西来匹配，那么所谓的门面也大抵只是肤浅的成就感而已。

我们每一个人都不能虚伪地说自己就不看重门面，自己就从来不想在别人面前过得好一些，有一个体面的印象，因为不食人间烟火是不可能的。

但是何为门面，何为光鲜，何为最好的自己，却耐人寻味。

我们不可置疑地都想要门面，就像树要皮，这是不能避免的。

包括在我五岁的时候，在懵懂的年纪里，在一个盛夏的早上，母亲突然宣布要回一次外公家的时候就初体会了一把。

那一天有微风，也有蝉鸣，还有淡淡的阳光洒在庭院里，而让我记得最深刻的一件事情，是我第一次对母亲口里说的"门面"两字的一知半解。

那一个早上我看见母亲在一个漆得朱红的樟木箱子里翻找着什么，最后从箱子的底下找出了那件她平日舍不得穿的白色的确良衬衫，一条父亲的灰色卡其布做的裤子，还有我的一条白色打底、黄色小球点缀的新连衣裙。

三件衣服被翻出来的时候叠得整整齐齐，樟脑药丸的芳香溢满整个屋子，直到现在我依然觉得那是一种非常好闻的居家香味道。

我问母亲，为什么去外公家就要穿得那么漂亮？她说，那是一种门面，去走亲戚一定要穿得干干净净的，体体面面的。

从此便有印象。

她说人生有三门面：生活的门面，家的门面，还有一个就是自己的门面。

记得有一次，夜深人静的时候，我看到有本书里这样问：一个男人拥有什么才看起来很有魅力？

后来我把这个问题发在群里一问，有人说是拥有很多金钱，有人说是权高位重，有人说是豪宅名表配豪车，有人还笑谈说是那种家里有一个妻子身边还标配一个情人的，总之众说纷纭，大概也不外乎非富即贵非风花即雪月的这些吧。

但是终有一个人说：品格。

一个具有良好品格优秀素质的男人才最有魅力。她的这一句给喧嚣的群里投入了一枚重量级炸弹，一下子说服了一群人，以至于后面整个静默。

后来我就和这个说品格的女孩聊了很久，继而也聊到了一个人最好的门面。

我们不约而同地说一个人最好的门面是修为。

修养和为人处世的品格，是基于任何一切努力的维护。

一个人有好修养、好品格的时候，身上就会熠熠生辉，就会自带光芒，就会有礼节、有魅力，有自己生在这世上最好的一面。

大家在感受你的时候，也是感受这种熠熠生辉的人格魅力。

也就会有更多的面投射到自己身上，让自己成为成熟、稳重、有品位、有内涵的人。

这是任再多金钱也堆砌不出来的个人魅力，任再多逢场作戏也换不回的自尊。

一花一世界，一草一天堂。一个人一颗心、一张脸，千百年来也都围绕着"门面"这两个字，甚至任谁孜孜不倦一生也终是为了获得或者延续欣荣它而丝毫不敢怠慢。

我们终其一生都在寻找那个最好的自己，最有价值的自己。我们无数的时刻都在努力着为了那个叫门面的东西。

然而这不是打扮得光鲜亮丽，不是拥有万贯家财，不是豪宅名车的璀璨，不是美女如云的风光……

我想我们要的是在人生路上，用修为折射出我们最真实的品格魅力。

愿我们所有门面都来自修为的熠熠生辉，都来自人性真善美的折射，都能够是为了更好的自己。

有多少爱可以重来

赤道留不住雪花，眼泪融化不了细沙，不是所有的爱等你学会了珍惜以后还可以重来。人生是一个有去无回的旅程，爱也要及时地把握当下。学会好好珍惜，是我们要做的事情。

有多少爱可以重来？

1

说实话，我也不知道，就像你此刻和我说着 Stoli Premium 的伏特加兑勾什么会最好喝一样，我一脸茫然。

我只知道我站在冰箱门前，打开柜门想起还有一瓶苹果汁可喝的时候，发现保质期已过时的沮丧，会懊恼我怎么没在之前把它启开喝了。

我只知道在早晨醒来冲到卫生间想要洗漱的时候，发现从未停过水的水龙头不来水的那刻，后悔自己没有培养预存水的习惯。

才知道任何你以为牢牢拥有的东西随时都可能失去，才知道任何没有先见之名的无所谓都有可能让你悔之已晚。

而每每那一刻我也会想起爱情来，想起婚姻来，想起在一起过的人。想起那些曾经触手可及就能珍惜的人，后来花光了所有力气也追不回来；想起那些曾经躺在臂弯缠绵悱恻的温暖，后来莫名成了天涯各安的遗憾。

2

就像人们会在夜深人静的时候问自己：如果当初我不放手或者当初我够勇敢，那么今天站在他或她身边笑得璀璨的人是不是我？

如果当初我懂得足够珍惜，是不是今天我就不用花光力气再去找寻曾经拥有过的那些幸福？

人啊，总是在失去的那一刻，才会想起曾经的珍贵，总是在无法挽回的时候，才会追悔莫及。

在那一刻才会回味：明明爱过，明明深刻，明明还是想念，明明还会心痛，却无奈只能远远地相看，默默地关注，慷慨不起祝福，最后沦落到音讯全无。

或者在她即将婚嫁的讯息里闷声地哭，在他冷酷无情的陌生里捂着心口痛。

一万次地告诉自己明明那个人曾经也那么深地爱过我啊！

后来怎么就不是了？

是啊，有多少失去、错过、不懂珍惜的爱还可以重来呢？

有时候我们真的没有那么幸运。

3

就在前不久的一个夜里，我正准备睡觉，朋友七七忽然给我发来一篇长长的文章，那是她无比心痛时写下的一个关于他和她的故事。

一段错过了再也找不回的爱情。

她说：婉清姐，想起一个人的时候真的会很心痛，太后悔当年没有勇敢去爱了，也没好好珍惜一个人。现在想起那些岁月，只有他一个人对我好过。

可是想要追回的时候，鼓足勇气去点开当年活跃在我微信圈的那个头像，给他发：我想你！

结果被拒收，原来已经被拉黑了。后来我用了很多方式找到他的QQ，求他加我微信。虽然后来他加了，却只有冷冰冰的一句话：有什么事情？

我说我想他了，可不可以不要离开我，回到过去的我们，我说我很害怕失去。

可是无论我怎么一条一条地发过去，他都没有说话，所有发出去的消息都石沉大海，那一刻我终于感受到了完全失去一个人时撕心裂肺的痛和后悔。

而他再也不是那个曾经我一说害怕就会从美国悄无声息飞过来的人了。

4

七七和他是在网上认识的，继而在网上相恋。他在美国读名牌大学，她在国内读二本。

后来发展成他经常来国内看她。

七七一直觉得一个二本的姑娘配不上一个13岁就在美国的优秀

男孩。

她过不去那个自卑的心坎，选择了冷漠。

可是那时的他不离不弃，会一直陪伴七七。倒着时差的苦，为了听她几句无心的碎碎念，在她失落的时候会不厌其烦地教导她，鼓励她做自己喜欢的自己，过自己喜欢的人生，不要熬夜，不要害怕。她喜欢听演唱会，他就去买门票，孤单过得不好，他会默默地买了机票从美国飞到她身边，看到安然无恙后，再默默地一个人回去。

异国恋很苦，那些年他的身边有很多追求他的人，然而他却没有放弃对她的爱。

可是后来她真的伤了他的心。

七七说：婉清姐，那个时候他都已经说服他的父母要娶我为妻，可是我依然接受不来，我学会了抽烟喝酒疯玩，还用冷漠对他，终于……被我赶走了。

如今，当我变成了曾经我想成为的自己，却发现再也没有人会在原地等待。当我静心下来觉得全世界只有他对我最好的时候，却发现他已经不爱我了，甚至拉黑了我。

这是多么讽刺的事情。

可是这个世界上从来都不是只有七七一个人会哭着说错过了爱情，因为多的是后知后觉的没有珍惜。

5

以前我刚毕业的时候，在一家单位实习，和同事们一起租房子。房东是一个70多岁的老爷爷，孤身一人。

他有时候会邀请我们过去吃饭，在他的客房里永远放着一张照片，是一个穿着少数民族服装的美丽女人。

清秀的脸，高挑的身材，一双圆圆的眼。

老爷爷说那是当年他在云南下乡插队时候认识的一个姑娘，两个人两情相悦，感情甚好。他写信给城市里的父母，遭到了拒绝，这门婚事一直被拖延。他告诉父母也许一辈子都会留在云南，父母还是固执地认为他会回来，为他在这里挑选了一个女孩。

后来他返城，和那个女孩约定两年，说两年后回去接她。

可是没有等到一年，女孩的父亲不幸离世，她便在当地成了婚，来不及通知。

等他再去云南时，她已经是一个小男孩的妈妈。

那一天的云南艳阳高照，而他的心里却下着大雪。他以为爱情等待得起，殊不知，最脆弱的也是爱情。

错过了就是错过了，失去了就是失去了，后来他一直未娶。

几十年过去了，再说起前尘往事他的眼里噙满了泪花。

他挺后悔当年自己的错过。他经常说：姑娘们啊，遇到自己喜欢的人要勇敢地追求，要勇敢地接受，要珍惜每一个当下，不要等错过了再来惋惜。

那是一辈子的不安宁。

有多少爱可以重来？当赤道留住雪花，当眼泪融化细沙，当我肯珍惜的时候，爱却不会重来。

6

《何以笙箫默》里的赵默笙和何以琛这样的爱情太少了，没有几个人愿意七年以后还在原地等你，还会像当初一样不管不顾地爱。

一直记得《大话西游》里至尊宝和紫霞仙子说的一段话：

曾经有一份真诚的爱情放在我的面前，我没有珍惜，等我失去的时候我才后悔莫及，人世间最痛苦的事情莫过于此。如果上天能够给我一个再来一次的机会，我会对那个女孩子说三个字："我爱你"。如果非要给这份爱加上个期限，我希望是，一万年。

一万年太遥远，而我想说：如果你正拥有着一份爱情，就不要随意弄丢了它；如果你正拥有着一份幸福，务必要好好地珍惜。不要等失去的时候才来后悔，曾经没有好好把握。

毕竟有多少爱可以重来，有多少人值得等待呢？

愿我们在爱的路上都学会珍惜，愿我们能爱的时候好好地爱。

找一个愿意和你说话的人结婚

二十几岁的时候，女孩们聚在一起聊天谈未来。

谈各自的学业、工作，谈男女之间的恋情。

而男女之间的恋情衍生开来，被提得最多的一个话题便是将来要找一个怎样的人去结婚去生活在一起。

那时的我们都太年轻，风华正茂，对婚姻也没有深刻的概念，只当结婚就是和一个喜欢的人在屋檐下一条心地生活在一起。

也因为年轻，所想的将来也是五花八门，色彩斑斓。

有人说要找一个可以给自己衣食无忧的男人生活在一起，以后想吃什么可以吃什么，想穿什么可以穿什么。这样将来不至于风餐露宿，居无定所。

有人说要找一个工作相对稳定的男人才结婚，不是说非要身兼要职，但好歹也要一个公务员身份吧。这样以后就会少去很多找工作的艰辛，也不会担心随时被炒鱿鱼没了经济支柱。

那时以为公务员就是一辈子的铁饭碗。

有人说要找一个能带给自己安全感的男人，不论他富不富有，容貌是否俊逸，起码以后不要担惊受怕，电闪雷鸣时有一个人可以依靠就成。

爱不爱没有那么奢侈。

有人还说，一定得找一个自己喜欢的人结婚吧，至少坐着相对或者睡在一起的时候不会心生厌烦，可以是你对他好一些，他对你差一点都没有关系。

可是后来你最奢望的还是希望他能够喜欢你，在乎你。

而那时的我还没有遇见我先生，我也时常会在夜深人静的时候去想这个问题。

我究竟会遇见一个什么样的男人，我到底要找一个什么样的男人相爱然后牵着手结婚，一起生个孩子，一起相伴到老？

没有遇见一个人的时候，脑子里会抽象出很多爱情的版本，会去设想另一半的模样和性情，以及假设和那个人在一起结婚生活后的种种。

那时的我像一个灰姑娘，像一只丑小鸭，有些不够自信，或者说还有些自卑。

我没有勇气奢求遇见童话般的王子，但是也有一颗富有粉红心结渴望美好爱情的少女心，渴望有一个身披盔甲的男人会出现在我生命里，保护我，对我疼惜。

于是后来的我一直在想，我将来要嫁的人一定是会疼惜我的人。

后来真的遇见了一个人，遇见了那个你认定对的人，心中原本的条条框框就土崩瓦解了，跟着感觉走又成了那时相爱的人之间最流行的准则。

后来当年聊过要找一个怎样的人结婚、什么样的人才适合在一起生活的我们，都各自成家立业生儿育女了。

婚姻几年后彼此相聚在一起，再聊当年的"我想"都掩面而笑，不敢再轻言。

岁月已经告诉我们最真实的答案了。

其实找一个怎么样的人，有没有钱，有没有稳定的工作，是不是有绝对的安全感，是不是唯一爱过你，是不是视你如生命都不是特别的重要。

婚姻中最舒服的相处，是找一个彼此聊得来、有共同话题、你愿意说、他愿意陪着你说的人。

天南地北，事无巨细，有可聊之人就好。

婚姻不像爱情，没有那么多的风花雪月，也没有那么多的可生可死的壮烈。

你曾经也许最想要的东西会变得无关紧要，也许你最看不上眼的却又成了奢侈。

一日三餐，父母孩子，工作生活都会成为婚姻的因素，而在一起长长久久就会是细水长流的幸福。

一切变得简单，却又难以轻而易举地得到，那时我们只想与一个可以说话、又说得轻轻松松的人在一起。

所以后来的我们都懂了，爱不是有条条框框的，你要嫁的人也没有刻好的模板给你套。

你去看那些婚姻幸福的人，一定是两个人在一起有说有笑，哪怕是吵嘴都会有互动的。

在网上看过一段视频，是关于陈小春和应采儿的。

之前对陈小春最深一次的触动是他在那一次演唱会上，原本僵尸脸的他，看见应采儿在台下就忽然笑了。

后来便是他和应采儿录的那段视频，每看一次，我都会觉得温暖，好的爱情好的婚姻永远是有互动的，一定是有一个人在笑有一个人在闹，有一个人在说，有一个人陪着你。

什么作，什么无理取闹，什么小题大做，在陈小春眼里都是应采儿的可爱和生动。

而他觉得陪在她身边看着她闹腾就很幸福。

反之，不会陪你说话的人，无论他给你多少钱，让你买多少奢侈品，内心总是荒芜的。

有些温暖始终是金钱换不来的。

张姐是我的一个客户，现在一个人经营着一家公司，带着一个十几岁的儿子。

年轻的时候，有两个男人追她，有一个无话不谈，在她烦恼时会给她出主意，陪她散散心，可是没有很多钱。

有一个家境富有，家里就是开公司的，人也长得算是英俊，天生带着优越感。

当时她以为嫁人应该是要嫁后者，这样对自己来说才是妥当的安排。

可是后来，像是嫁给了寂寞。整天不见人影，整天没有话说。

也不知道哪里出了问题，反正就是走到了离婚的一步。

有一次聚会张姐喝醉了酒，她拉着我说："结婚一定要嫁给心仪的人，嫁给能够陪你说话的人。

什么钱啊，事业啊，其实对女人来说都是一堆可有可无的东西。

千金难买聊得来的爱人啊。"

也许恋爱中喜欢的人，不一定在以后的日子里还能不厌其烦地陪你说话，但是一个在琐碎日常能够陪你说话的人，一定一定是喜欢你的。

这个世界上最遥远的距离不是两个人相距有多远，而是有一天我睡在你身边，却像隔了一个太平洋。

这个世界上最尴尬的婚姻，是同住一个屋檐下，相见无语，客客气气，不及陌生人半分。

你不说，我不语，北京瘫，葛优躺，一人一个手机。

明明身边那个最亲近的人在一起，你却感到无尽的孤独，一遍一遍地刷着微博刷着朋友圈找慰藉。

明明身边有一个可以海阔天空畅聊的人，却在一声声叹息"知己难求"。

有人问：婉清，为什么你和你先生结婚十年了还那么聊得来，你是怎么经营婚姻的？

我这个不起眼的姑娘只是稍微幸运了点，当初坚持找一个聊得来的人，找一个随时随地愿意陪我说话的人而已。

其实知己不在天涯，就在身边；其实情人不在它处，就在你眼前。什么荣华富贵，什么轰轰烈烈，只要有一个人乐意陪你说话就好。

愿你能找到一个乐意陪你说话的人，愿你的婚姻是因为爱情，也愿每一个可爱的姑娘都会有一世可以相惜的婚姻。

蟑螂抵挡不住的诱惑，你可以吗

开得奢靡的花容易迷眼，说得再多的爱不做都是谎言，色彩斑斓的虫子有剧毒，看似容易的得到，都是诱惑。人生一步一个脚印，最真实。简单不一定不好，缓慢不一定到不了彼岸，有时走得最急的是风景，留在心里的才是最真的记忆……很多诱惑看似美丽却危险，毕竟海市蜃楼容易散。

1

中午的时候，同事从外面带回来一支对付蟑螂的药膏，凑近了闻闻，有一种淡淡的果糖味道。

据说蟑螂这种虫子最喜甜食类，用这个诱惑它让其上当，可灭之。

淡黄色的膏体像奶酪一样浓郁，很快被挤出放在了各个角落。

没有多久，小小的蟑螂果真闻味而来。

一时间四面八方，地毯下、电脑桌脚底、柜子里，以及饮水机旁都有它的身影。

平常看似干净的办公室，却不知有种叫蟑螂的虫子早已扎根扎营。

现在不约而同的是它们爬出来争相奔去的是同一个目标，想要来吃这"奶酪"，一只只都抵挡不住这股从天而降的美食诱惑。

等我去观看的时候，小小的蟑螂已经津津有味地啃上了。

顿时有一种即将全军覆灭的伤亡感袭来，不觉心中一紧感叹道：多少灭亡死于经不住诱惑。

那些已经爬在上面吃的，那些正兴匆匆赶来的，那些吃了大概不舒服，很快蟑仰螂翻的，都显出千姿百态。

同事小李得意洋洋地笑了，你看，这些傻×，终究是无知的虫子，是要毁在吃的份上了……

让它平日出来嘚瑟，目中无人搞破坏，现在惨了吧。

我说：这世界上何止只有蟑螂是傻×呢？世界万物，生灵相通，一不小心都会如此！

如果经不住诱惑，抵挡不了别人的引逗，过分贪恋于不该属于自己的东西，都有可能成为和它一样的下场啊。

同事想了想，忽然赶了几只回去，说：别去吃了，前面会让你们断送性命，悬崖勒马吧。我忽然不想看见你们全军覆灭。

可是被赶走的那几只不领情，仍然回来了，兴高采烈，照样往药膏里扎堆。

挡也挡不住……

2

很多时候，一旦被诱惑了，你想心慈手软也救不了，因为并不是谁都可以再有悬崖勒马的机会和自悟能力。

就算是你后来知道错了，是陷阱，是圈套，也不可能永远会有让你重新选择的机会。

始于迷茫，终成迷雾。

原来一开始分不清，辨不明，把不住，耐不了，轻易就被诱惑的，结果往往是没有那么多的侥幸和退路。

所谓"日月欲明，浮云盖之；河水欲清，沙石涝之；人性欲平，嗜欲害之。"

你想怎么样，不再随心之……

蟑螂如此，人的境遇也如此。

于是办公室里有人问，蟑螂经不住的诱惑，你可以吗？

人们都可以吗？

一片寂静……

记得很多年前，母亲有一个老姐妹的儿子因为聚众赌博被抓进了公安局。

当时我正在公司参加一个客户研讨会，母亲的电话，一遍又一遍地打来。

怕家里有事情，我就跑去屋外接电话。

她急急地问，你在宁波有认识的人吗？

我吃了一惊，以为家中出了什么大事情，后来才知道是黄姨托她打来。

说他在外认识了一帮放高利贷的，教会他去酒吧，去KTV唱歌，去玩女人，后来又告诉他，有一种方式可以让钱来得很快。

其实就是一群人聚在一起赌博。一开始放了水给他，赢了不少钱，想着玩玩没什么，赢点钱就收手，后来不仅之前赢的钱吐出去了，

178

几年来在宁波上班的积蓄也荡然无存，还问家里拿钱，说是为了什么创业。

不明情况的父母真的给了一次又一次，把家里留着给他娶媳妇的钱也给了。

还是没想到……

居然还欠了高利贷一屁股的债。

当时的我顿时哑口无言，赌博、高利贷这些字眼那几年听得太多，不知道毁了多少幸福的家庭。有那么多的前车之鉴，怎么还是会有人这样不顾后果前赴后继去入套呢？

而他，黄姨的儿子，那个我从小看着长大的男孩，以前也最痛恨人家赌博什么的，结果终是走了这条路。

记得黄姨哭着说：我这臭小子啊，那么踏实的一个人不知道是中了什么邪了，竟然和一群杀千刀的在一起赌博，还借了他们的钱，现在人在里面，还要来逼债，怎么办才好？

到底是中了什么邪了啊？

3

其实不是中了什么邪，只是中了不该的诱惑。

对于花花世界的向往，对于纸醉金迷的迷恋，以为不劳而获就可以一步登天，无须努力就能来钱的梦的沉沦。

实话说当时我真没有认识的人，也没有可以帮她解决掉这个问题的能力。

只能打电话去问问情况，到底需要刑拘多久，严不严重。

最后人是出来了，但工作丢了，女朋友黄了，买的房子卖了还了高利贷的债。

他终是留下了悔恨的泪水。

及时悬崖勒马，才止住了更大的毁灭。当时他说是因为一开始好玩，还有突然的对钱财的渴望。

后来有一次遇见，聊起天来，他已经在新的企业上班，也有了新的女友。

他说：姐，悔死了，当初如果不是自己经不住诱惑，生活本来可以更平稳的。

所幸自己算是幸运，不然……

是啊，多少经不住的诱惑，哪有那么多的悬崖勒马来悔过，就像爱一个人，错过了也许就是一辈子。很多时候哪有那么多的重新开始……不是吗？

曾经有一个婚内的女人爱上了一个男人，贪图一时的新鲜感，贪图两个人在一起时的短暂快乐，以为有什么第三种爱情，后来男人骗了她的钱和爱，逃之夭夭了。

而她也被家人要求净身出户，孩子都不让看，说她不配。

好好的一个家毁在一时的迷惑，真的是一失足千古恨。

4

就在昨天，下班路上，一个认识的朋友跟我说：婉清，有一种投资很来钱，收益几十倍的，我几个亲戚三年时间都上千万了。我听了着实吓了一跳。

我说：天上不会无缘无故掉馅饼的，你悠着点，真的。

真是三年千万，谁还在教室里教书，谁还在医院医人，谁还开公司，谁还搞创业，都去投资这种什么理财好了。

为什么依然有那么多人勤勤恳恳踏踏实实地走着……因为不受诱惑。

哪有那么好的事情就偏偏轮到你呢。

他说是真的，是因为做的人不多。

我说应该是不受诱惑的人太多，希望他也分得清。

这个世界五光十色，绚丽多彩，你想要的，你向往的生活都有，可是却真的没有那么容易得到，不经一番苦寒来，哪有扑鼻梅花香。

这个世界的路，条条通罗马，可是却从来没有一条现成的捷径摆在你面前。不经努力，跋山涉水，你永远体会不到沿途的风景和最有耐力的自己。

你想要的美好，一定是自己一步一个脚印走出来的。海市蜃楼再美，也瞬间即逝。

眼前再平凡也是踏实的人生。

记得开得奢靡的花最容易迷惑人，颜色鲜艳的虫子往往有剧毒，你以为的以为往往不靠谱。

原来这就是爱情最好的模样

1

入夜微凉，披一件外衣在身上，移步于阳台绿植葱郁的窗沿，望向城市楼海处万家灯火闪耀。

随意打开 QQ 音乐，一首由王菲和陈奕迅合唱的《因为爱情》单曲循环开来……简简单单干干净净的歌声在这样的夜色里忽然显得尤为温暖和应景。

此时听着缓缓入心的音乐，想起了前一阵子去医院看望姨夫时遇到的一个温馨场面。

那是一对老年夫妻，看上去大概和我爷爷奶奶差不多年龄。

老爷爷的那位老伴前几天刚做了心脏搭桥手术，现在正在住院疗养中。

早就听在医院工作的表哥多次说起有关他和他老伴的恩爱故事。

说这个世界上没有永垂不朽的东西，唯有爱一个人可以甘愿长久。

而我有幸也亲身感触了一回他们的情谊，那是一堂比任何情感讲座更生动的课。

我进去的时候病房内很安静。

姨夫在喝水，那个老奶奶则静静地将头倚在她的老伴身上，安心地睡着，鼻梁上那副老花眼镜还未被摘下。

那位爷爷守在她身边，戴着相同款式的眼镜在静静地看书，偶尔纸张轻微地翻阅，每一次他都看看身边的老伴，深怕这微小的声音不小心惊扰到他的妻子。

看过去双双花白的头发，皱纹爬满他们的脸，一切像是岁月沧桑后的痕迹，可是此时的镜头却一点也没有沧桑的模样，看着竟然是几分鲜明的年轻。

2

这时有一位他们的亲戚轻轻推开了病房的门，手中拿着一罐煮好的鸡汤和一些水果，走到了他们跟前。许是刚才走错过病房，这时年轻的探病者看上去显得特别激动。

走上前就大声地问候那个被他们称作是姑婆的老奶奶好。

他们的姑父，那位爷爷忙作"嘘"声状，示意小辈声音轻点。

我听到他说："你轻点，你的姑婆还在睡觉，她最不喜欢睡着的时候被人吵醒，那样她会不高兴。"

说完还不好意思地指着边上的妻子笑笑，晚辈当即明白安静下来。

我也在角落里暗自为老奶奶感到温暖，有一个这样的老伴静静地守着她，并保护着她的睡眠，还了解着她的喜恶。

我在沉思中，老奶奶醒了，她的老伴急忙拿一个枕头摸摸厚度感觉妥当后垫在了她脑后，并拿起放在床头柜上的一杯温水送到老奶奶嘴边，喂着她喝了些许。

这一切我们都静静地看在眼里。

来看望的人见姑婆醒了，便走了上来，递上保温着的鸡汤和一堆水果。

他倒出一些鸡汤盛在碗里，递到跟前想给姑婆喝。老奶奶刚要伸手，哪知又被老爷爷从递过来的手里接了下来。

只看他一脸羞涩仍然不好意思对亲戚说："你姑婆对鸡汤过敏，喝不好会拉肚子，我一会给她削苹果吃，这鸡汤就便宜我吧。"说着就一咕咚喝到嘴里。

我们看见老奶奶恍若醒悟般扬着手笑："老了老了，忘记自己不能喝鸡汤这回事情了。这老头子记性好，都替我记着呢！"说完也学着老爷爷对着晚辈表示歉意。

嘴里仍然碎碎念："还是老头子记得我会腹泻这回事啊，我自己都忘记了啊，老糊涂了啊……"

3

我们一屋子的人都跟着笑了起来，都说老奶奶好福气，有老爷爷替她都记着就行了。

在晚辈面前，老奶奶像个孩子一样吃着老伴给她削的苹果。不时有口水从嘴角溢出来，都被老爷爷眼疾手快地用一块看着有些年岁的手帕给擦得干净。

吃好苹果，老奶奶躺了回去，闭着眼睛养着神，嘴里和亲戚有一句没一句地交谈着，说不上来的时候就看看老头子。

晚辈则嘱咐她要好好休息。

老爷爷拿着她的手在他膝盖上放着，一个劲地轻轻揉搓，说是水挂多了，筋脉都给糟蹋了，揉揉会好些。

老爷爷边揉还边说："年轻的时候啊，你姑婆最怕看医生，也最怕医生给她打针，总是把肌肉绷得紧紧的。"

"总是这边配了针管，那边她就跑了，每一次都是我抓回来的。现在老了跑不动了，我就不需要抓了。"

笑容在两位老人的脸上晕染开来，如徐徐开放的菊花，特别好看。而有一种温暖却在我们心间也慢慢晕开……这世间上大概是因为爱情才有了岁月厮守后的模样吧，所以没有沧桑，只有安静地徐徐开放。

后来我隔天再去看望姨夫的时候，刚巧也遇上老奶奶安静地在休息。

我拉着那个老爷爷对他说："爷爷您对您妻子真好！"

他不好意思地看着我说："哪里好，这都老夫老妻的，我不了解她谁了解她啊。还有别人也照顾不好我老太婆，因为只有我知道她张张嘴就要喝水了啊，呵呵……"笑声还是如此独特有爱意，一点也不亚于年轻的爱情。

我抬头看看病床上的老奶奶说："你们的爱真好，能够相守到白头，还能如此甜蜜和踏实。"

"姑娘，听说你和你先生也是很恩爱的，也一定能和我们一样到白头，也许这就是你们常说的爱情吧，而在我们这辈人心里叫作有始有终。老伴老伴就是要相伴到老的，虽然我们都老了，牙齿也掉光了，但是心和你们年轻人是一样的，你也可以看作是我和我老伴之间有你们说的爱情。"说完她甜蜜地笑了,似一个怀春的少女般含羞。

"你也可以看作是我和我老伴之间有爱情"这句话后来一直在我心里记着。

4

我又想起前不久在地铁里遇到的一对老人。一上车,那老爷爷就在使劲物色位置,有人起身让座给他,他连忙拉上行动缓慢的老伴耐心地等她来到身边,扶着她坐好,到站时再拉着她的手一步步离开我们的视线。

有一个细节被我发现:老奶奶的衬衫领子一角翘起,老爷爷为她轻轻抚平,牵着的手始终没有松开。

这个画面定格在脑海里,像一个很美的童话故事,却比童话故事真实。

我们常常谈论爱情,仿佛轰轰烈烈才算是深刻,仿佛悲欢离合才是常态;为爱情疯为爱情痴,为爱情笑为爱情哭,其实到最后我们才会明白爱情只是想要有人陪。

相守白头是每一个爱着的人的梦想,而最后能不能走到头却是一件奢侈的事情。

然而真正的爱情大概不会有悲伤,因为只有幸福的模样,也不会有沧桑,因为心是年轻的记忆。

就像我在病房里看见的那对老夫妻一样。很多时候我们口口声声说着爱对方,却不知道对方喜欢吃什么,不喜欢做什么;很多时候我们以为爱一个人就是你侬我侬地交缠在一起，却忘了褪去轰轰烈烈后最为平凡的珍贵。

因为我们都曾有过爱情，因为爱情一直还在人生的路上。是否牵了手的手可以从此不放开，就像地铁上那双紧握在一起的手一样？

也是不是可以像今晚的歌声一样，有温暖可记得。

夜已深，有一条毯子披在了我身上，我回头，他说："你怎么哭了？"

我说："我想起了你给我熬粥的模样。"

先生说："傻瓜，熬粥就熬粥，流泪干吗？"

我说："因为粥里有爱情，有我们岁月相守的模样！"

其实爱一个人，他就成了你的记忆匣子，管了你的吃喝拉撒，接纳了你的喜怒无常，最后一直陪着你到老。

萤火虫

1

在城市里久待一段时间，我就会想念农村的家来。这个临着海枕着山的小村落是我的故乡，是我隔一些时间就会惦念的地方。

都说乡愁浓烈，更是戒不了这里的一山一水，哪怕一把捧在手里的沙泥都会不知不觉幸福起来。

于是总偷着时光回到这里，看看慢慢老去的父母，看看家门前的田地，远处的山，近处被填了大半的海。

这样心中便充满了柔软，于是将身上假装的强硬褪去，慢慢地披上家乡独有的温暖。

而记忆在踏入小巷的一头起便开始延伸开来……

2

那时夏日，我每回望着前面的田野必定会想起那个追萤火虫的夜晚，当时年少，天真烂漫。

我的家前面就是田地，常年绿绿葱葱，虽说夏天少不了蚊虫叮咬，但是只要吹吹来自象山港的风就让人惬意地想说无数个好。

儿时那成片的茭白地更像一张绿色的网，网随风动，而有荧光闪闪，那便是我最爱的萤火虫了。

我记得有那么一个夏夜，我突发奇想要去那张绿网里捕捉萤火虫，想装进空药瓶子里，看它们像星光那样闪烁。

小小的妹妹要跟我，于是我就带着她前行，像一个保护者一样护在她身边。

田埂蜿蜒，两边风声呢喃，茭白叶摩挲着黑夜，我一手手电筒，一手牵着懵懂的妹妹。

那时我唯独怕田埂里草丛间有蛇，因为白天常常会看见水蛇，听说无毒，但也惊人。

于是单脚跳，想这样就会安全，年少的脑袋瓜里想的特别简单。

我这样跳，妹妹也跟着我这样跳，长长的田埂里，朦胧的月色中，两个人影一高一低地起伏。

3

最喜的萤火虫在身边盘旋，打着小小的灯笼，发着绿色的荧光，一闪一闪，像是星星突然坠落下来，于是把茭白地想象成天空，荧光如星，而我们是捕捉星光的人。

茭白叶上停了好几只，我蹑手蹑脚地靠近，用小手一把蒙住，再用眼睛去看看它是不是在手心里，手指缝隙有绿光渗出，那便是捕捉到了。

妹妹兴奋地喊起来："姐姐，姐姐，给我看看……"于是捧到她身前，她急不可耐地扳开我的手，萤火虫乘机展翅飞跑了。

于是两只小眼瞪在一起，追着萤火虫跑，脚下飞快，顾不得有没有水蛇，只管追那荧光了。

后来总算抓满一瓶子萤火虫，浅灰色的药瓶瞬间明亮起来，亮晶晶的，像无数颗钻石，当时不懂，只以为星光灿烂，甚是好看。

妹妹像崇拜英雄一样地崇拜我，看我的眼神都是："姐姐最厉害。"

那时家中还是老式的家具，床是那种明清后期款的老式木床，雕刻精细，花样繁多。

棕色的床里挂着一顶白色的蚊帐，两边是挂蚊帐的钩子，把钩子里的蚊帐放下，就像一个白色的空间了。

4

那时候的灯泡是二十五瓦的，整个屋子昏黄一色，照得妹妹的脸也明黄不清，干脆就把灯拉灭了。

背着妈妈，关上大门，于是我和妹妹就像做一件神圣的事情一样。心怀虔诚，手捧那一瓶荧光，拉上窗帘，踏上床榻，然后躲进那一帘白帐中去。

将瓶子打开，放飞了一帐荧光。

顿时有萤火虫四散开来，尾巴上的小灯笼忽明忽暗，我和妹妹盘腿而坐，仰望床顶，像仰望着星空。

特别特别的美丽。许是过了挺久，夜已深，妈妈催入睡的声音此起彼伏。

再看看窗外，有月色明亮，照在灰白瓦片的屋顶上，听听风声，依然徐徐吹来。

茭白叶依然在风中舞动，想是少了几只萤火虫。

妹妹扬起稚嫩的脸问我："姐姐，天黑了那么久，萤火虫要不要回家？"

我想了想，它该属于夜色，这一室星光灿烂不及一野荧光点点。于是打开蚊帐，打开大门，站在房中，看一只只萤火虫飞过身边，停在发上，飞出窗户，越过门地，融入到夜色里去。

然后目送它们飞远，轻轻合上门，躺在床上，那便是我和妹妹的秘密了，手足情深也更浓一些……

5

现今，茭白地还在，风儿如常吹来，夜色依然熟悉，可田埂已是砂石铺就，房中已换新式家具，我站在院落里看向远方，爱的萤火虫早已不见踪影，才明白有些记忆有些东西不是永远都可以拥有。

藏在心中的美好就变得更为稀贵。

故乡今夜情常在……萤火虫似星光在心间。

婚姻也需要定期保养

今天早上，我陪先生去 4S 店给汽车做保养。坐在明亮的大堂里，看着每一个为爱车往来的身影，不禁感叹，如今对车比对人要重视得多。

就像我家先生，这几日也一直在我耳边念叨，说车程 9 万多公里了，定期保养耽误了很多天，车况要是不明，开在路上有时候还真有点虚虚的。

于是我一边催他赶紧去检测，一边想起离上次维修好像才过不久。记得当时换过轮胎，做了四轮定位，换了一个电瓶，换过机带，大保养了一番。

怎么没过几天，又要去做保养了呢？

于是和先生说起总觉得这车子好娇贵，隔三差五要去 4S 店光临一番，比我光临书店还勤快呢，享受的待遇也比我这个老婆要好，我还没去过美容院，面膜都没它贴的次数多。

心里明白那都是为了生命的安全，但是嘴里还是忍不住如此感慨。

先生看着我貌似醋意浓烈随即大笑说：

这过去好久了好吗？

你不知道人生在世如白驹过隙，忽然而已。光阴似箭，岁月如梭啊。

还有这车子啊它得时时做保养，定期做检查，才能一目了然车况，不然哪里坏了也不知道啊，开在路上多不安全，我们当然要做到及时检查及时修复及时保养及时安全啊。

那婚姻呢？还不是人生在世，白驹过隙，忽然而已，也最好有一个时时的一目了然。

先生一愣，露出一副若有所思的神情。

2

我当即朝他翻翻白眼，心有所悟道：其实及时给车子做维修是对的，但是如果你们男人啊都像爱车一样爱妻子，那么天下的女人不知道该有多开心。

如果人人都像保养车子一样保养婚姻，那么这高涨的离婚率就会遭遇滑铁卢了，哪还有那么多感情破裂呢？

如果人人也都会像重视车况一样重视婚姻健康，时时洞见婚姻中的问题，做到主动检查，及早修复，那么婚姻路就会平坦许多，执子之手与子偕老也多几分笃定。

还有呢？先生捂着肚子笑……

可是很多时候，人们容易懂得对车的爱惜，明白车子不保养就会坏掉，会对生命造成威胁，却不懂得对婚姻做珍惜，不懂得婚姻走久了也会出现状况，也会生病的，也会危及生命，也需要定期检查，也需要用心做保养。

任其发展置之不理无所谓的话，同样会让生命遭受剧痛不是？

3

先生说我举一反三，伶牙俐齿，不过真心跟着我长见识。这陪去保养车子也能联想出那么多人生感悟来。

但是我和他都明白。

比车子更需要定期保养的的确还应该有婚姻。

放眼身边的爱情和婚姻，早就不是当初我们认知的那么容易和简单了，一个有意就牵手，一个无意就分开成了常态。

这个世界满世界的暧昧出轨，看似个性张扬、开放，实则是我们对待婚姻的态度生了病。

而我也并非一时所感，玩笑说说。这几年的确身边见过太多原本美满的婚姻猝不及防地离散，听过太多含着眼泪的无奈述说。

很多的婚姻其实一开始都好好的，很甜蜜。

后来才不知不觉发生了变故。

很多人直到最后才追悔莫及，忆及当初如何如何……

其实当初如果早一点发现婚姻中的问题，及时做好修复，很多离散就不会得到滋长。

其实当初如果也时时了解婚姻状况，不是任其发展，久经失修，让其恶化，那么也会多一些白头偕老。

可是我们往往多的是旁观者清，当局者迷。

4

记得三年前，先生的朋友从民政局领了绿本出来，滴酒不沾的他当下喊了众多朋友去喝酒。

谈及他的那段婚姻，大家都沉默寡言，毕竟人逢喜事才举杯，事遇悲伤无闲情。

喝的也是闷酒而已。

可是先生的朋友执意说：喝吧，一醉方休才算是兄弟。

酒过三巡，早已醉意，他才喋喋不休述说悔意。

今天的我是咎由自取，没有发现婚姻早就出现了问题，我老婆早就对我积怨已深。

前几年之所以没提离婚是看在孩子的情分上，现在她想明白了要去追求自己的生活了，而我竟然无脸挽留。

这几年我一直忙于事业，很少对她嘘寒问暖，总觉得她深明大义，不会对我斤斤计较，其实女人哪能真的不需要关爱呢？

这几年我总是早出晚归，回家倒头就睡。她想和我说话，我叫她明天再聊；她想和我温存，我说有点累。

这明日复明日，一年复一年，现在才发现她也有很久很久没和我说话了。

当时以为是习惯，现在我才明白。

看吧，这就是这几年埋下的婚姻问题。

这几年说来惭愧，我不记得她的生日，不记得多久之前给她买的礼物，不记得上一次带她出去旅行的时间，不记得我和她之间多久没有好好在一起……

时至今日才知亡羊补牢为时已晚。

这个一米八三的男人当即留下了悔恨的泪水。

5

可是我分明记得他也是那个一看到油箱还剩一格油就会急着要找加油站的人，可是我分明也还记得他也是那个不忘定期给车子做检查、会问我先生保养做了没有、那个爱车如命的人。

可是他却忘记了这样去爱妻子，忘记了这样去爱婚姻。

车子要保养，婚姻也需要。

相同的是爱护珍视，不同的是车子用仪器体检，婚姻用心来维护。

直到那一晚看着他喝着满瓶闷酒，流着泪水，才觉得这世界上追悔莫及的事情常有，当下清楚的人太少。

于是也让我想起往昔闺蜜跟我说的一个段子，当时用来搞笑，现在却深以为然觉得难受。

一个方丈问男人：

你到寺院找我做什么？

男人回答：来解惑。

何惑？

我的妻子跟人跑了，这个女人竟然一声不吭会和我离婚，而我想不明白她为什么要这么做。

你真的不清楚吗？

不清楚！

于是方丈再问男人：你有车吗？

当然。

记得上一次给车子做的保养时间吗？

当然，某月某时。

车况好吗？

当然，我对自己车子了如指掌。

方丈说：很好，对生命负责是一种态度。

那么你了解你的妻子吗？

老夫老妻了，她就那样。

哪样？

……

你还记得上一次给她买礼物的时间吗？

……

你记得她几时会笑吗？

……

你的婚姻你了解吗？

这个……

所以是婚姻生病了，而你却浑然不知，才是惑。

拿到今日来思忖，无不是道理。

6

梁实秋说：以爱情为基础的婚姻，乃是人间无可比拟的幸福。

那么时至今日，我想说，用保养车子一样的热情和持续力来保养婚姻，乃是人间无可比拟的长久。

也记得张爱玲说过：于千万人之中遇见你所要遇见的人，与时间无涯的荒野里，我们没有早一步也没有晚一步相遇。

那么时至今日，我想说，于千万人之中既然我们相遇、牵手、结婚、生子，唯有且行且珍惜。

　　其实婚姻也会生病，也会跑神，也会有一段时光失去色彩，只要我们懂得定期维修，好好保养，就会经营得更轻松。

　　那么好的婚姻也会遍地花开。

建议你喜欢我

很多时候我们总是倾慕悬崖上那朵开得璀璨的雪莲，以为遥遥相望的爱情、可望不可及的悸动才是最向往的爱情。

于是像风一样跑到雪莲的脚下，像云一样盘旋在它四周，你以为这样就可以得到你想要的爱情？你以为你喜欢的就是最好的，可是对它而言你始终是风始终是云，你早已经疏忽了留在你身边的那一朵……

1

正经龙是我见过的最正儿八经喜欢给人出建议的男人。

他经营着一家小小的心理辅导中心，每一天西装革履，正儿八经地坐在他那个8平方米大的办公室里运筹帷幄。

天天知乎所以，外加催眠读心，俨然一副人生导师的派头。

反正看到他总是乐此不疲地在接待来自五湖四海登门造访他的客人。

不管是逗他玩的、找他茬的、抱紧他哭的，还是想要爱他的、真心慕名的，他都一概不拒，脾气特好，也绝对不乱方寸，大概这是正经龙身上的职业操守。

每一次别人临走时他都不忘买一送一正儿八经给一个人生建议。

可他自己呢？从来不要别人的建议，他说他自己不需要。

记得有一个失眠的人去找他，他从角落里拿出一打草稿，麻烦那人从头到尾看一遍。不到二十分钟，失眠的人睡着了，太阳西下时那人醒来问：我该怎么办？

正经龙说：我建议你以后的人生里多看看我手写的草稿，顺便记得给我定期打钱。

人说：你抢银行啊！写得那么难看，还想要骗我的钱。

不过他终究是带走了他的一些草稿。

有一个50多岁的妇人缠着他整整诉了一天的苦，正经龙正经地陪着她，苦天苦地。

妇人说：大夫，你说怎么可以治好我这逢人诉苦的毛病啊？求求你了。

正经龙扯了下衣领，嚎啕大哭，然后还是一本正经地说：我建议你在我的地方还可以诉苦三天三夜，不要不好意思。你真的很苦，比祥林嫂还苦，没得救了，我想这会是你人生中诉苦最爽的一次。

你才最苦，神经病！

妇人獠牙咧齿离去。

记得有个刚离婚的男人去找他，说妻子跟人跑了，非常难受，不知道往后怎么办？日子怎么过？

正经龙认真地想了想对他说：我可以给你一条建议，你以后也跟人多跑几次，就知道她比你过得更不好了。或者多离几次也可以，离多了就不在乎日子怎么过了。

你才多离几次，吖看什么毛病呢？

就这样他总是孜孜不倦地给人提着人生建议。

2

朋友方子学着调调和我说正经龙那些建议的时候咧着他的两颗大兔子牙笑得前俯后仰。

而我那时决定试一试。

有一次我没事寻他开心：正经龙，我失恋了，有什么好的建议没？

只见他推了推那副透着知识渊博的金丝边眼镜，正儿八经地跟我建议：婉清啊，你找我就对了。这样，你先坐好，我给你把把脉，看看问题症结……

我：别把脉了，症结就是本姑娘失恋了，提建议。

正经龙酝酿了半天对我说：婉清啊，我给你一条建议，再找一个是正经事。

果然。我去你大爷的，谁不知道再找一个。

就从那回开始，我总怀疑正经龙真的能不能给人看心理问题，更担心他这店啥时候被砸了。

可每一次我质疑他的时候杨小慧就跟我急眼，跟我拍胸脯说：谁说不行，他是最棒的心理辅导师，不然哪来那么多找他的人？

我说寻他开心来的吧，还有就是店里有个如花似玉的女孩你。

不是，是龙哥的声誉好！建议好！她一口的执着，很动容。

我低头一思忖：也对，他正儿八经叫我再找一个是最正儿八经的建议。

问题是那会儿他前脚刚和我先生喝过酒，称兄道弟，后脚就建议我再找一个，绝对是和我关系铁啊，我举双手双脚叹服。

3

平日里正经龙就躲在办公室里不出来，仿佛只有那8平方米才是他人生辉煌的天地。

办公室以外的地方就交给了助理杨小慧。

杨小慧是正经龙打小就认识的姑娘，或许可以追溯到彼此穿开裆裤的时候。反正我知道正经龙是最早看过杨小慧身体的，那回滚在泥里玩泥巴。

后来看没看身体我就不知道了。

青梅竹马，两小无猜，特配。

我头一回去正经龙工作室的时候，杨小慧正深情款款地望着一本正经地在敲键盘的正经龙。

那含情脉脉的眼神真叫人陶醉，像人间四月的芳菲。

可是再看正经龙一脸的死鱼表情就叫人想到寒冬的冷。

我说嫂子也在啊！

我建议你不要随便喊人。8平方米的世界里冷不丁传来一句正经的建议。

我说：听说你家的咖啡不错，我路过特来尝尝鲜。出来陪我喝一杯吧。

我建议你最好不要喝！

为什么？

那是病人的福利。

滚。

而杨小慧却很开心地泡了一杯卡布奇诺给他。我说你确定？

确定，因为这是给病人的王喝的。

那时我仰天大笑。病人的王？

杨小慧朝我狠狠瞪眼。

那一眼我就知道她喜欢他。

那样郎才女貌、青梅竹马的不在一起对不起大众啊。

可是正经龙说：我建议你不要胡思乱想。我有喜欢的姑娘，现在的女朋友不多久就是你真正的大嫂。

我一时无语，脸上火辣。

我看着杨小慧的眼神由明亮逐渐暗淡下去，像晴朗的天空飘过一朵乌黑的云。

头顶轰隆轰隆，眼里下起了雨。

原来正经龙有女朋友。可是在哪里呢？他说在海的另一边，不多久就回来。

那杨小慧呢？

他头也没抬地说：我哥们啊，一起做事业。

我疑惑地看着杨小慧离开的背影，婀娜多姿，长发飘逸，哪哪也不像一个可以和人称兄道弟的女孩啊。

可是正经龙一本正经地说是。

4

正经龙喜欢的女孩是他的初级暗恋，后来演变成高级暗恋。毕业前夕，脑子开窍，在离别会的 KTV 上合唱一首《水晶》后表白，摆脱了暗恋史，后又疯狂地人山人海里追逐。

历经七七四十九般磨难，翻越千山万水，一路追到女孩的家乡，后来在一起，时经两年，看似有情人终成眷属，实则人家压根对他不咸不淡。

可他一高兴，未表细水长流永相伴的决心，却问父母开口要了准备给他结婚时用的二十几万元钱，加上杨小慧主动借的十万元钱，开了这家工作室。

扎根安营。

生意最不好的时候，和杨小慧诉苦。她二话不说，一个行李箱，一个人就来到了他身边。

你来干吗？

我出了钱的，来经营！

我有女朋友的，会吃醋。你都毁了我的少年路青春风，还想破坏我的人生幸福？

切，我有男朋友的，谁稀罕。你的人生幸福还需要我维护？不然店关门了，你也就完蛋了。

也对！

工作室原本请了五个人，杨小慧来了后，压缩到了三个。

那个扫地的煮饭的事情她包干了，端茶倒水的事情也由她负责，外加助理、挡酒的。

正经的心理咨询师治疗师谈恋爱去了，不正经的杨小慧留下来里里外外打理着。

好几次正经龙挽着女朋友的手走进那个8平方米的工作室时，都会特感激涕零地看一眼杨小慧。

这是正经龙喝醉时和我们说的，说他何德何能有那么好的一个朋友。

我说我建议你……

打住，我不需要建议。

却不曾知道他也是另一个姑娘的初级暗恋，高级暗恋，最后也没有说出口的终极暗恋。

因为正经龙的一句：经营不下去了。就屁颠屁颠地来了。

杨小慧从来知道他是因为一个女人而来的，而她是因为他而来的。

她宁愿在陌生的城市里孤单地过活，看着每一天城市的黎明来，看着每一晚城市的霓虹灭。

也愿意拿一整个青春和他耗，无怨无悔。

或许守在他身边就是一种温暖，一种实实在在的存在感。

尽管她多想有一天坐在8平方米内的人也会发现她守护着她。

可是现在他幸福就好了。

原打算等店里的生意稳定得差不多，杨小慧就离去。

这是杨小慧喝醉了告诉我们的。

没想到正经龙的女朋友漂洋过海去了异国。

5

后来日子平淡如水，我们从未看到正经龙在海的那一边的女朋友如期归来。正经龙郁郁寡欢，整个人像霜打的茄子一样。

倒是看到好几次杨小慧给他端茶倒水，在店里忙乎照顾啥也不会自理的正经龙。

和朋友喝酒，正经龙醉了，打电话给海那边的女朋友。

正经龙打开免提说：我女朋友一定很快回来，我女朋友是最关心我的。

电话通了……

喂，半夜给我电话有什么事情？电话里一个女人的声音冷冷冰冰。

亲爱的，我喝醉了，我想你，你什么时候能回来。

你别发神经，喝醉就回家。

我想你！

我很忙……

大伙儿劝他不要折腾自己了，叫个代驾好回家了。

他不死心继续打海的那一边电话，电话变成了无人接听。

正经龙嚎啕大哭给杨小慧电话。

丫头，快帮你老板叫个车接回去。

不叫……一个女人说着不叫，手里已经开始倒腾电话。

正经龙开始堕落了，他忽然就不给别人提建议了。杨小慧给我们电话求救，我们几个轮番像过去一样寻他开心、要建议。

可惜要不到了。

后来听说去工作室的人一下子少了很多，因为当他们看见正经龙比他们还焦虑、烦恼、抓狂、无助的时候，觉得自己突然就幸福了，症结也自然好了。

最终他好久都不曾走进那个 8 平方米的工作室，一个人郁郁寡欢，以酒为伴，把自己锁在家里，终日闭门抑郁折磨自己。

杨小慧守在他的门外，做了一次又一次的饭菜，都被吼回来。

然而她一直都还在他的门外不曾离去。她在想如果她能分担他的痛苦一点点就好了，一点点也好！

她去敲门，他歇斯底里地吼她让她有多远滚多远。

方子感到事态不妙，把我喊去的时候，他正拿着啤酒瓶往杨小慧喊他的方向扔，而杨小慧傻傻地在一边哭。

方子和几个朋友找来工具把门给撬了，灰暗的房间里满屋酒气飘荡，他一个人蜷缩在客厅的沙发脚下，看到光亮抬起头来，眼神呆滞，胡须拉碴。

衣服和酒一个味道。

你们统统给我出去。他忽然嘶吼。

青梅竹马的杨小慧委曲求全地去拉他起来。

他一个巴掌打在她的脸上。

毫无温度地说：够了，你太烦，怎么都赶不走。别以为是一个地方出来的，别以为你帮我经营工作室，就能像我妈一样来管我了。我告诉你，你只是我的一个好朋友而已。不要以为你这样做我就会感动，我建议你早一点滚回家去。

杨小慧哭着说：我不走，我走了你怎么办？我们可是一个地方从小到大一起长大的。

滚，你以为你谁啊？还想留下来当老子女朋友？看看自己，像个女孩吗？

我……

我们劝她先离开。她的脸一阵青一阵白。

两行眼泪从她的脸颊上滚落下来，烫得她的心和我们的心都焦了。

后来杨小慧走了，在2011年那个寒冷的冬天。

6

杨小慧走后，正经龙把他的店卖了，然后去了北方。买主委托了人办理了手续。

后来我们也逐渐忘记了那一个工作室，连正经龙也快慢慢淡忘了，总觉得他对不起杨小慧，他欠着她一个道歉。

可是我们一直都明白她喜欢他，甘愿承受了他给的伤害。

喜欢一个人或许就是甘愿承受他给的风雨。正经龙也在承受那份风雨，大概一厢情愿的甘愿都如此！

后来才听说正经龙的突变是因为热爱的姑娘在海的那一边有了新欢，他是通过朋友的朋友知道的。

照片里她被一个外国男孩抱着，笑得像一朵花似的。

原来她屏蔽他的朋友圈很久很久了。

全世界只剩下笑话的时候，正经龙生病了，他躲起来用酒精麻痹自己，他再也不给人建议了。

连杨小慧都被呵斥走了，或许那是他想要的。

他暗自建议她该走了，离开他才是幸福的开始。他自己像一个恶魔，还不忘给她建议一次。哪怕是用这么恶劣不计后果的伤害。

他把卖工作室的钱打了一半给杨小慧。

其实我们都挺怀念正经龙给人建议时的模样，至少那时他是快乐的。

后来连他自己都"生病"了，再也无法给人建议看病。

7

岁月漫漫，生命中曾经相伴过的人逐渐地放在心里、淡忘在记忆的某一处的时候，正经龙从北方回来了，又回到了当初他执着过的地方。

他留长了胡须，剪平了头发，一回来就直奔那个工作室。

工作室人来人往，貌似生意不错。

他一脚跨进去说：麻烦一下我要咨询一下心理问题。

接待他的是一个姑娘，他仿佛看到了杨小慧曾经的影子，他苦笑了一下。

那8平方米的地方还是原来的模样，只是坐在里面的人变成了一个女人，还带着大大的口罩。

露出几分似曾熟悉的眉眼。他放下行李坐到了她的前面。

您好，先生，有什么需要我帮忙吗？

我有心病……

是怎样的心病？

我想一个女孩，很想。我总是失眠，一闭眼全是她。

那你就要去见她啊！

不行，我对不起她，有愧疚，这就是我的心病。

我以为赶她走是最好的方式，可是我错了，我错过了一个真心对我好的女孩……

那你想怎么做？

我很想追到她身边告诉她我错了，原来我已经不知不觉喜欢上了她，可是我始终不敢，呵呵，很可笑吧！

对方停顿了很久说：需要我怎么帮忙？

医生，我从前一直给人提建议，总觉得自己的人生根本无须他人建议，可是现在我很想你给我一个建议，行吗？

……

行！

我给你的人生建议：喜欢我！

正经龙顿时热泪盈眶，直喊我接受我接受。

2015年，我再经过那个工作室，看见杨小慧站在前面，8平方米内里又是正经龙的世界。

当初觉得般配的人儿啊，终于在一起了。

很多时候我们总是倾慕悬崖上那朵开得璀璨的雪莲，以为遥遥相望的爱情、可望不可及的悸动才是最向往的爱情。

于是像风一样跑到雪莲的脚下，像云一样盘旋在它四周，你以为这样就可以得到你想要的爱情？你以为你喜欢的就是最好的，可是对它而言你始终是风始终是云，可是你早已经疏忽了留在你身边的那一朵……

爱一个人，不要再纠结他的前任

　　五一小长假的时候遇见一个多年不见的朋友秦子。我和她久别重逢，相见甚欢，于是就近择了一家比较清雅的咖啡馆叙旧。

　　闲聊中记起她的弟弟，一个曾经追在我们屁股后面跑的阳光男孩，现在也应该到了婚娶的年龄。出于对他的惦念就顺带问了一下秦子关于她弟弟的情况。

　　聊到她的弟弟，秦子耸耸肩叹息道："正要说这小子呢。原本打算今年五月结婚的，喜帖都准备好了，年后突然毫无预兆说分就分了。幸好请帖没发出去，不然我都不知道怎么在亲戚朋友面前给他圆场。"秦子无奈地摇摇头。

　　"我想这分手定然是有分手前的现象的吧。小弟都快要结婚的人了，也不能随便就分了，肯定有他什么原因。"

　　秦子说："原因就是他的女朋友私自将他们要结婚的消息发给了他的前任女友，还将两人的甜蜜婚纱照秀了过去，并邀请对方来参加她和他的婚礼。这事情后来对方女孩觉得特别委屈，就说给了曾经一起玩的同学听，同学们听了觉得气不过又传到了我弟弟耳朵里。好了，这下他二话没有，直接就爆了，说什么这婚也不结了。"

记得很早的时候就听秦子说起她的弟弟在大学时候有个特别爱的女孩，一直谈到毕业后。原本也是尽早打算结婚的，后来因为南北两地实在距离遥远、习俗不一，女孩的父母始终未同意他们相爱下去，加之常年的分开，在现实的煎熬下无奈提了分手。

后来秦子的弟弟很长时间都对谈恋爱这事避之唯恐不及。去年年初时在一次朋友相聚中认识了现在的女友，觉得各方面都挺对口，于是就重新谈了恋爱。

可是偏巧现女友没注意好分寸，一不小心做了这事情踩着了雷。

原来秦子弟弟是为了这个和现任分手的。也难怪，作为现任，其实无论你多出彩，也不能随性去挑衅他的前任啊！

别说秦子弟弟深爱过前任，就算很多人没有爱过，作为分手后的自己都以不再打扰前任为最好的方式了，何况彼此曾经深爱过的人呢？

那么同样作为现任，即便他现在再爱你，什么都可以接受容忍你，可是你也不能去挑战他的痛楚他的过去，更不能挑战他的前任。

关于秦子弟弟和他女友的婚礼是两个人的事情，如果要邀请曾经的爱人的话自然也是他去邀请合情合理，而不是作为现任女友带着对过去的不屑去挑衅他的前任。

告诉对方他们曾经再相爱有什么用，现在和他牵手的人是自己，要终老的人也是自己，还一副女主人的姿态去邀请前任来参加自己的婚礼，这本身就是一个非常糟糕的邀请。

无形之中不仅伤害了他的前任，也伤害了现在爱着的人，最后更伤害了自己。

其实大千世界真的有几个人会愿意别人来轻易揭开心中的伤疤（对方姑娘就不愿意了）？又有谁会真正允许现任毫无理智地对自己前任来作挑衅呢（秦子弟弟就不愿意了）？其实秦子弟弟深爱过前女友，和前任之间过去是因为很多无奈才分开的，内心本来就是一个死结。好不容易放下了，重新爱上了一个人，你却无情揭开伤口，还去炫耀一番，他当然是不能接受的。

还有很多人被前任伤害得体无完肤过，其实那也是他自己的事情，也轮不到现任去刨开伤口，更不允许现任来评头论足过去这段感情。

或者我们应该学会不轻易打扰，让时光自然去遗忘，好好开始新的，爱新的人，才是我们该真正做的事情。

可是生活毕竟是生活，和秦子女友一样做法的人实在很多。明明知道其中的利害却还是飞蛾扑火去做了自己没控制好的事情；又或者明明已经有了一段好的爱情好的婚姻却还要对他的过去刨根到底，逮住前任不放。

这件事情上通常男女都有，只是相对来说我们女人更容易犯这样的错误。

曾经有个朋友很爱她的先生，她的先生也很爱她，他们还有一个可爱的女儿。我们圈里都非常看好他们的婚姻，也非常相信女主人经营婚姻的能力。可不知道从什么时候开始，又不知道从哪个同学、朋友处获知了她的先生年轻时候喜欢过的一个女孩，听说是他的初中同学也是他的初恋，并知道了当年她的先生是如何追求这个女孩的一些细节。

之后她整个人都不好了，心理上发生了很大变化。她不断找先生挖掘这个前任的信息，并要求先生如实说出那段感情，描述下当时的爱。

如果她的先生不如实说或者说得有遗漏，她就认为是对她的一种隐瞒。

在她先生而言，对于那一段青葱岁月里懵懂无知时动过的情谊早就忘却了，对于那个女孩也只是当时的印象，在之后的生活里逐渐淡出了记忆，现在是怎样的容貌都已经说不清了。对于今天的他来说过去并没有做过什么对不起现在妻子的事情，要他如何来坦白那段本没有结果的过去呢？于是朋友先生很是郁闷。

可是偏巧朋友就是穷追不舍，硬是让他交代了当年的事情，没交代清楚就是一顿乱发脾气，甚至频繁谈起先生的前任时表现出一副原来先生根本就是不完全只爱自己的状态，搞得自己对先生的态度也是变得差了。

最后朋友先生整个人都压抑得不行，爱她的心思都没有了，有一天被逼问急了的情况下还差点闹出离婚的事情来。

而那个原本让她先生早已经忘记的路人甲却因为妻子的几番穷追不舍重新浮出了水面。

幸好当年朋友没有再做更傻的事情，没在她先生面前评论前任长短，更没有找人去打听那个曾经的女孩并对这个前任做过什么，也幸好后来不再提起，不然后果怎样不得而知了。

无论过去有没有什么，其实作为现任都不该再去触碰对方的前任，尤其是一段早已上了灰尘的记忆，最好连碰都不要去碰。死灰都能复燃，你又何必去试深人性呢？

每一个人都有过去，每一个人都有自己的故事，愿意分享的早就分享了，不愿意分享的必然有不愿意分享的理由，也许是根本就不足以拿出来和现任分享。既然已经认定在一起了，就该把过去遗忘。

再说不论过去有多么轰轰烈烈、缠缠悱恻，抑或伤心痛苦、难舍难分，即便就算还有蓝色生死恋一样的爱情，可如果被称为了前任，一切都该注定风淡云轻了不是吗？

现任的你知道了这些云淡风轻的事情，是不是可以安然将这些陈年往事放于时空的匣子里永远封存，就此遗忘就好。

你若真的很在意，不妨可以在无人的时候对空空的山谷吼几句，毕竟山谷不会知道你是谁，但千万再也不要对他常提起，更不能去挑衅他的前任，就算他自己把前任说得多么不堪你也不要去当真，听过就好，别真的以为自己作为他的现任就有了资本，可以去炫耀去挑衅。

你要知道有的事情他自己可以，别人一定不可以。就像对于亲妈这件事情，自己发了脾气还有一万个理由去说服自己为什么发脾气，但就是不能允许对方去挑衅一样。

其实秦子弟弟女友原本也是可以作为最开心的新娘，在婚礼那天挽着心爱的人一起步入婚姻的殿堂，开启美好人生的，根本就不需要以这种方式去向他的前任炫耀此时修成正果的是自己。

毕竟过去了就该是过去了，她也曾是一个真的爱过他的人，现在是你的就好了。

也不要真的以为现在爱你的人爱你就是无敌了，永远也不要自信地抛出"你妈和我同时落水你会先救哪个"的问题了，因为人性这点事情是不适合拿来做试探的。你也别再轻易觉得挑衅一下他的前任是件无伤大雅的事情，有时候结果远远比你想象的更为残酷。

何不做一个开心简单的人呢？

放开格局，放大心胸，好好地做好现任，经营属于自己的未来，毕竟你现在所拥有的才是真真实实的一切，何须再花力气去纠结证明对方到底对你有多爱呢？

愿我们都学会做最好的自己，学会真的爱别人，也愿意每一个你都能真实地拥有眼前的幸福，毕竟眼前的幸福才是真的抓得住的幸福。

姑娘，最好的聘礼是疼爱

1

云姐做 HR，也做红娘，经她牵线搭桥的婚事数不胜数，那些我们眼里最繁琐的男婚女嫁之事，在她觉得很是简单。

一直以来成人之美、促人喜事是她此生最为开心的事情。

可是最近她却非常的不开心，甚至觉得自己有些背，好好的一个"十一"长假，一个原本美美的婚礼筹备，出岔子了，而且非常糟糕！

事情是这样的。去年的时候，有一个做同行的小学妹，因为平日里经常请教云姐一些问题，久而久之就成了无话不说的姐妹。

姑娘 26 岁，没有男朋友，来自周边一个三线城市。刚巧云姐的邻居婶婶有个儿子 27 岁，没有女朋友，于是她就巧手成事拉了线，结果这线拉得比较满意，男孩和女孩一见面就好感爆棚，互有眼缘，后来的相处也是顺风顺水，感情稳定。

去年年底见了双方父母，均很满意。所谓丈母娘看女婿越看越中意，婆婆看媳妇也是眼里看出了一朵花。

婚房速速装修，家电噌噌买起，双方的酒宴啊、嫁妆啊都有了一个大致的筹备。两家父母，一对即将成婚的新人，和红娘云姐挑了个吉日坐到一起，把婚事做了安排。当时都谈得好好的，女方买点床上用品，准备辆20万的车过来，男方负责房子和装修以及两边亲戚的酒席，聘礼一事原本男方打算再给个6到8万，然后约定今年12月18日结婚。

当时皆大欢喜，谁知后来水逆难挡。

一个大逆袭是，女方嫌聘礼少了。按照女孩当地的习俗，父母提出了68万的聘礼要求。这下使原本顺利进行的婚礼因为聘金问题戛然而止。

至少在我眼里这68万聘礼是个天文数字，云姐和男方父母亦然。

男方的金钱所剩无几，还要为婚礼当天的婚庆、拦门红包什么的准备，女方的家人坚持聘金如此，邻居家男孩很难受，女孩也很无奈。

云姐几番沟通没有效果，问女孩子自己的意思。女孩可能也是两难，回答就比较模糊，意思是这聘礼是要的，可以还回来一部分，算作嫁妆，父母剩下一部分……

一边是她喜欢的男人，一边是父母要的聘金，她陷入困惑中不可自拔。没有聘金她觉得爱不够到位，父母觉得诚意不够；婚事若没了，觉得可惜相识的缘分，以及平日里男孩对她的疼惜。

难怪云姐发愁，在我看来这简直就是有些作难的。

2

曾经有人说，看一个男人爱不爱你就看是否能给你一个完美婚礼。但是我现在不得不说：姑娘，相比幸福，最好的聘礼是疼爱！

没有疼爱，一切都是浮云。

如果你喜欢一个人，又认定他就是你的归属，能给你想要的爱情和疼惜，那么婚前的这聘金真的不是衡量他是否爱你的标准，也不该成为步入美好婚姻的拦路虎。

回想身边，多少婚礼，多少金玉良缘，毁于繁琐的礼节，毁于风俗的执念，毁于聘金两个字里。

而忘记了一路走来，最初的芳心是为了什么。

他若爱你，聘金的多少又有何实质的意义？

他若不爱你，给你金山银山，充其量会说你嫁给了有钱人，而不会说你嫁给了一个爱你的人。

身为女孩，我们都渴望遇见一个对的人，一个三观相似，心意相投的男人。渴望一份美好的爱情，渴望一个完美的婚礼，或许终其一生也只是为了寻找一份笃定的安全感。

可是现实中又有多少男孩女孩输给了这作难的聘金，败给了现实的残酷。

生活本该不如此作难，只要你是真心相爱，只要你要嫁的人真心疼爱你，就足够了。可是往往当局者迷。

3

记得三年前身边也有一个朋友，和大学时期的男友相爱 5 年，其中包括毕业后长达三年的异地恋都没有将彼此分开，却在最后谈婚论嫁的时刻，败给了彩礼聘金。她觉得就差那么一点点对方也不肯让步是不爱她，他认为自己实在无力承担这种原本可以协商的聘礼。

之前对爱情的执着、信誓旦旦，对美好婚姻的向往和婚后日子的希冀都化为泡影，两家关系土崩瓦解，当时甚至都要决定老死不相往来。

闹到这里不禁要问一句：这是真的爱过吗？

我们明白很多时候都不是自己愿意看到的现象，明白错过一个对你好的人、合得来的人是多么可惜的事情，但是还是不由自主地在人世的世俗里忘记了自己最初想要的爱情和想要的人是什么模样。

其实嫁一个人最重要的是那个人会不会疼爱你，会不会理解你，会不会懂你的口是心非，会不会包容你的小任性，会不会怜惜你的所有不容易，这就够了，而这一点恰恰是任何金钱物质都比拟不上的。

我有一个远房表妹，当初结婚时就是嫁给了一无所有的表妹夫，没有房没有彩礼没有心中想要的梦幻般婚礼，但是唯一一点，表妹夫很疼爱她，什么事情都记着她，也愿意为她去奋斗，为她去改变自己的不足。

事到如今，表妹夫事业红火，房子、车子、儿女双全，我认为的人生赢家是属于他们这样的。

若当初她也计较聘金、婚礼、房子，而忘记了他的疼爱，错过了这样的人，那么之后将是多么漫长的悔不当初一生。

而我当初嫁给我先生也几乎是一穷二白，一万元聘礼象征性地意思一下就嫁了，但是我很庆幸我的父母没有干预，更庆幸我自己的认定，因为我嫁给了爱情和疼爱，才有了我后来的人生。

恩格斯说，只有以爱情为基础的婚姻才是合乎道德的。

列昂尼多娃也说，婚姻的基础是爱情，是依恋，是尊重。

我们都需要明白，嫁一个人，要看他是不是疼爱你，就像你穿鞋子一定要合适你才是第一，不合适再昂贵也只是装饰品。

　　张爱玲有一句话是这样说的：我们于千万人之中遇见你要遇见的人，于千万年之中，时间的无涯荒原里，没有早一步也没有晚一步，刚巧遇上了，那么亲爱的姑娘，请嫁给爱情，忠于初心。

　　请一定牢记，最好的聘礼，是疼爱；最美的婚纱，是爱情！

　　愿每一个姑娘都嫁给爱情，因为疼爱。

我有一条小巷，风吹过晨昏雨润了烟火

　　20 世纪 80 年代末的时候，老家屋旁的那条小巷是当时大伙儿心中最繁华和最喜爱的聚会基地。

　　小巷一米半宽，30 米长，从巷头到巷尾全有大块的青石板铺就，左右两侧连着各家的房屋。

　　一侧中间间隔一条流水的沟渠，朱红或者灰白的墙面就这样在小巷的映衬下显得朴素而又温情。

　　青石板面的青苔微露，有阳光照射的时候，像踩在水晶碎石铺成的淡绿色毯子上。

　　下过雨后，沟渠里的水则会调皮地漫至青石板面，想探出头来，看一看小巷上孩童的嬉笑打闹，而水声哗哗，一路会歌唱。

　　儿时的我们，大概觉得最动听的歌声也就是这样的流水声了，而流水流向大海，我们觉得最神奇的事情也是向海这回事情。

　　没有沟渠的一侧是青石板连接房屋时留下的一些间隙，间隙的泥土里开着各种各样的花儿。

　　有火红的五角星花、有爬满墙壁的淡紫色牵牛花，有一大丛一大丛晚间开放的夜夜红，还有被爱美的小姑娘用来染指甲的满堂红等。

晨醒的时候会看见有露水浸润过这些花儿，滴滴透着晶莹，蜘蛛将一张张网结在花叶间，守着不安分的来者光临。

晨风拂过小巷的时候，芳香便肆意蔓延开来，瞬间沁人心脾，即时，小巷的热闹也就拉开了序幕。

东家的伯伯扛着锄头准备下地了，听说今年的土豆收成很好；西家的阿姨叔叔拉着渔网要出海，听说赶潮的海鲜最丰盛。

南边的老奶奶戴着一副老花镜，搬了一把老藤椅慢慢悠悠地挪着小莲步走了出来，左瞧右看地择了一处最舒服的地方铺开一簸箕豆子开始念念叨叨又挑挑拣拣。

北边的哥哥牵着新婚燕尔姐姐的手甜蜜地走过小巷，而更多的是像我们一般大的孩子，背着书包戴着红领巾天真烂漫地奔跑着推搡着去上学……

突然间各家留着打理家务的主妇妈妈们便"嗖"的一下，齐刷刷从窗户里探出头来，此起彼伏地叮嘱："上学路上一定要小心啊，好好听老师的话呀……"

结果是小巷的回声还在，而我们的人影早已消失不见。

而我经常跑在最后面，还能听到一群妈妈半恼怒半疼惜地威胁："狗崽子，跑那么快，看放学回家我怎么收拾你！"

每当这时，我总是狡邪地笑笑，因为我知道她们根本没那么多时间来记着我们的顽皮。

不得不说的是小巷的傍晚，以及夜风中最为舒心的场景，大概心中的繁华直到那时才到了真正极致。

黄昏的云彩,染红了天边,夕阳慢慢在西山沉鱼落雁,田野的风漫过茭白叶直穿小巷到尽头。

小巷在通红的晚霞映照下,显得美丽无比。

归来的人们带着丰收的喜悦陆陆续续又从小巷的那头踏来,又相互照面招呼后东西南北地回到家中。

笑脸盈盈,满是悦语地和家人话起白天的趣事来。

同时放下地里收来的农作物,放下海里打来的鱼虾,放下背包,放下疲劳,各家差着自己的孩子去给左邻右舍送收获来的成果。

于是小巷就沸腾了,到处是孩子奔跑的影子。你给这家送,我给那家送的,好不热闹……

完成了任务后的我们就在小巷里疯玩,无法无天地烂漫。

打打弹珠,三五成群跳跳皮筋,还有没事在花丛里找虫子的小主。

直到袅袅炊烟升起,夜色慢慢昏暗了下来,还没有收心的打算。

于是像《请回答1988》里的那番场景,妈妈们又从各家的门道里探出半个身子,扯着大嗓门喊着:"某某某,赶紧回家准备吃饭喽……"

接下来便是一家一家的男主人,拿着小方桌出来,女主人跟着后面搬着菜,小屁孩们则肉嘟嘟地拿着碗筷,赶紧跑到小巷来抢地。

傍晚的风是天空母亲温柔的手,轻轻缓缓地拂过人们的脸庞,你家的桌子和我家的桌子拼在一起,我家的菜夹在你家的碗里……

小巷腼腆,将光阴暂时挪给了这拨人儿,而它则紧紧地候在花的一边、风的一侧看着人间的烟火,烟火里的人家欢声笑语潮来潮涨,留下一幕又一幕的岁月温情。

所有烦恼、喜悦、孤独或者悲伤统统在小巷里随风随雨地飘走。

那时没有奢华，却是最真；那时没有高科技带来的方便，却有脚踏实地的充实；那时不用对着手机机械地你来我往道问候，却有站在你面前的真诚。

想谁就跑去见谁，喜欢谁就站在谁家屋下没脸没皮地追。

男男女女可以毫无担忧地聚在一起天南地北地聊，常有月色浓重时分，还畅聊无归意。

月亮爬上了屋顶，蛐蛐的歌唱又起，最喜欢一张凉席铺在小巷的夜色中，三五伙伴静静地坐在一起。

抬头是满天的星辰，低头是花香人语，岁月的美好总是不经意间赐予到了人的心尖。

是小巷一路的陪伴，是小巷一路的馈赠，才有了这许许多多难以忘怀的时刻。

直到今天，无数次走在那一条小巷上，我的眼前仍然会浮现儿时的所有场景，我不止一次地明白，平凡岁月中，那就是最美好的样子。

是我们穿梭在钢筋水泥的都市丛林里无法再能感受到的淳朴和所有的袒露无疑。

但是我想，唯有继续怀揣着一颗真心，用一双留住美好的眼睛，散发出原始的烂漫拉着岁月的手前行，那么我知道岁月的美好一定还是喜欢赐予这样的心。

现在我知道小巷的风又起了，那场雨飘飘洒洒又下了，沟渠里的水流声调皮地"汩汩"依旧，间隙泥土里的花三三两两也开放了。

花叶上那一张蜘蛛网还挂着未干的雨露，牵牛花则沿着灰色的墙面又爬高了一步。

屋顶上，黛青色的瓦片边停着许多的麻雀。

我走过青苔浓郁的石板面，在晕染过巷子的晨昏中，走进尽头迎着田野的那个家来，家中父亲在浇花，母亲在做菜。

巷子的夜色慢慢浓了起来，而我仿佛又回到20世纪80年代末，那个风吹过晨昏、雨润过烟火的地方来……

最好的孝顺，是不给父母颜色看

1

有一次和闺蜜们聊天，谈到孝顺父母一事，大家各抒己见。

芳儿说：孝顺，就是应该常回家看看，买点好吃的东西给父母。

晴儿说：孝顺，就是应该早一点成家立业，不让父母为你瞎操心。

小韩说：孝顺，就是父母需要你的时候，你可以随时陪伴在身边，任劳任怨。

……

我短暂地沉默了一会，意味深长地说：最好的孝顺，大概就是不给父母脸色看吧。

闺蜜们问：Why？

我苦笑了一下，因为十年前我妈说：你太不孝顺了。

她们说：婉清，你就别开玩笑了，自从19岁认识你，你就是我们亲妈口中的那个别人家的女儿，恨不得从阿姨肚子里换了你来当贴心小棉袄来着。别人怎么样我们不知道，你不孝顺就是胡诌乱编了。

2

是啊，曾几何时，我也这么认为，一直觉得自己是一个非常懂事明理孝顺的女孩。

从小到大，没让父母多操一份心，学习、恋爱、结婚，样样自己搞定。

父母在，不远嫁；父母在，常回家。

……

所以我妈说我不孝顺的时候，我眼泪都吧嗒吧嗒地掉了一地，心里那个委屈啊，全是玻璃碎的声音。

想着：你说我什么都可以啊，但是怎么可以说我不孝顺呢？

只是后来想想当年，我确实惹她生过不少气，流过很多因为我给的没好脸色后的泪水。

好在后来我妈的一席话，给那些年的我当头一棒，使我及早清醒过来。

她说：如果你忙，你可以不经常回家看望，我们自己倒可以经常过来看你；

如果你忙，你可以不经常往家打电话，偶尔有事情的时候我们自然也会打过来；

平日里你不给我们买好吃的好穿的好用的都行，因为父母最想要的是你们自己能够吃好穿好用好过好日子。

假如这些你没做好，我不会说你不孝顺，但是如果你回家来是和我吵架顶嘴的，说你几句就给我脸色看的，那我就会觉得你不孝顺，以后也别给我买这买那回家来了。

我想她之所以这样说是因为心里添堵，不开心，也是自己疼爱的人给的脸色最难看吧。

3

曾经我一直以为我只要经常陪伴在他们身边，经常嘘寒问暖去关心，经常带着他们去走走，经常买些补品去看望，经常送点钱去孝敬，就是最大的孝顺。殊不知，在父母的心里，最大的孝顺，是你能够好好和他们说话，是你不给他们脸色看。

而那些年，我二十几岁，刚结婚生子，生活一团乱麻，内心夹裹了太多的洪荒之力，一不小心都悄悄释放在了父母那里，尤其是老妈那儿。

记得小辰满月的时候，正值年关，那一年大雪纷飞，非常冷，我带着他先回了父母家里。半夜孩子哭闹，又冷得要命，老妈来问：孩子是怎么了，是奶没喝足吗？

哄了两小时，筋疲力尽的我，早已内心崩溃，听她这么一问，我简直就是抓狂之极，没好气地说：我怎么知道，我要是知道他哭什么，我还用得着烦吗？

没头没脑，将对孩子的束手无策之不耐烦都给了她。

当时就给她噎了回去。看着她转过身去，长长的背影倒映在白色的墙壁上，手里还握着洗好的奶瓶。

忽然我的心里有一种负罪感，但是仍然没说一声抱歉。

也记得，有一年，二叔家要办酒席，派人来邀请我妈。也许是埋在她心里的伤痕太深，二十年来那些陈年旧疾根本未愈，她竟然抹了好几天眼泪。

最后死活决定不去，大概是有些往事可以不恨，但是也选择了不再原谅，而我始终觉得她该放下了，不能再沉迷于过去的伤痛。

于是没耐性地说：你不能那么小气吧，就过去那些事情，早该放下了，何况是爸爸的亲人，现在人家都派人来邀请了，还是去吧。

我妈说：不去，你就别管。

我当时一生气说：就你这样，还怎么管你！说完就径直走了，留她一人再一次落泪。

4

我们总以为所做的一切都是为了爱的人好，其实如果你不懂她心里的忧伤，不明白她的痛楚，又有什么资格为人子女来质疑父母内心的豁达与否。

而我做再多孝顺的事情，也不抵那些说出去的话，像刀子一般的绞剐，让她留下伤心泪水的时光。

毕竟有些哭泣是我造成的，越爱的人越容易脆弱。

所以直到现在过去十年了，回想那一段时光，我确实无力张扬我做得有多好，多孝顺。

反之很任性。

也明白过来，所谓对父母最大的爱，应该就是不给他们脸色看。

毕竟养育我们那么大，就算是他们的不是，也不应该再承受来自我们子女的打击。

就像我们小时候，我们最想看到的也是父母的笑容。

那么，好好说话，和颜悦色地给予，永远要比你买一打打滋补品管用。

现在于他们而言，岁月像是逆了生长。你挺拔的背，是从前他们为你遮风挡雨的臂膀；你披荆斩棘的力量，也曾是从前他们满腔热血为你打拼的铠甲。

我们强壮了，他们却老了，我们懂的他们或许已经不明白了。他们小心翼翼，如履薄冰地爱着我们，深怕遭了我们的嫌弃，更怕看我们的脸色。

5

所以想起龙应台女士在《目送》里的一段话：所谓父母子女一场，只不过意味着，你和他的缘分就是今生今世不断地目送他的背影渐行渐远。你站立在小路的这一端，看着他逐渐消失在小路转弯的地方，而且，他用背影默默告诉你，不必追。

而你也早已长大成人，为什么要动不动就给父母脸色看呢？要知道，能笑一次都是时光馈赠彼此的恩惠，又何必再用自己的不懂以一张喜怒无常的脸相待？与其给父母金山银山，还不如给他们一张如沐春风的笑脸。